근무일지

창비시선 479

근무일지

초판 1쇄 발행 / 2022년 6월 24일

지은이 / 이용훈
펴낸이 / 강일우
책임편집 / 김가희 박문수
조판 / 박아경
펴낸곳 / (주)창비
등록 / 1986년 8월 5일 제85호
주소 / 10881 경기도 파주시 회동길 184
전화 / 031-955-3333
팩시밀리 / 영업 031-955-3399 편집 031-955-3400
홈페이지 / www.changbi.com
전자우편 / lit@changbi.com

* 이 책은 서울문화재단 2021년 첫 책 발간 지원사업의
  지원을 받아 발간되었습니다.

근무일지

이용훈 시집

창비

차
례

당신의 외국어

가다와꾸 가도(는) 가리고야, 가이당 가랑(은) 가라(고), 함마 (든) 함바(의) 한빠 (간다), 후앙(은) 후꾸레두, 데모도(의) 데마찡(은) 데마찌(야), 보루박스(에) 시로도, 쇼쿠닝 (중에) 쓰미, 오오가네(의) 쓰마(는)* 말귀만 알아먹어도 끼니 걱정 안 한다 해서 돌고 돌았더니, 공사장서 굴러다니는 돌멩이 됐습니다. 콘크리트 그늘에서 가랑비 세고 있습니다. 시멘트 가래가 굳으면 목구멍을 막아서 쎄 ─ 소리가 나는데. 알 듯도 모를 듯도, 품삯을 받았으면 흥이라도 더할 텐데. 귀에 익었으면 장단이라도 딱 맞추겠습니다. 천장에 얽히고설킨 말들. 벽에 흉터 난 말들. 수도관에서 떨어지는 말들. 전선 타고 오가는 말들. 그거 염불인가요? 한국말이지요? 벌건 낯짝들이 대낮부터 입 벌려 웃는데, 그거 비웃는 거 아니지요? 어린놈이 버르장머리가 없으면 얼마나 없겠습니까? 없어봐야 머리털 조금 짧고, 짧아봐야 가방끈 짧아서, 할머니의 잃어버린 막내아들도 아니면서 삼촌 호칭 부여받은 핏줄들을 알아보지 못해 죄송합니다. 가족 상봉 기쁜 마음 잠시 미루고 삼촌들에게 개새끼라고 짖었더니, 단박에 공사장서 호로새끼 한마리 태어납니다. 한마음 한뜻으로 기뻐하고 축하할 일인데, 죽 한그릇 퍼주는 사람 없어 텅 빈 건물 아장아장 굴러갑니다. 아무거나 주워 먹으면 알아먹을 수 있겠지. 어디서 굴러먹던 돌멩이가 기웃거렸더니, 포클레인에 깔리고, 지게차에 뭉개지고, 마대자루에 담겨서 저는 이만 퇴장하겠습니다. 공터에서 이죽거리다, 드럼통에 불 피우고 아차 싶었습니다. 까마귀를 구워삶으면서 물어봤더니, 뭐라고요? 쓰지 말라고요? 아아, 건설표준어 준수하라고요. 대체 언제부터랍니까? 지금부터 잡담 잡설 중지하시고, 안전장구 착용하셨으면 꼭대기 올라가서 매달려보랍니다. 여기는 좁고 일할 노인네는 많다고.

* 거푸집 모서리는 헛간, 계단 꽁지는 거짓이고, 망치 든 식당의 찌꺼기 간다, 환풍기는 배가 불러, 보조원의 품삯은 기다림이야, 종이 박스에 서툰 사람, 기능공 중에 벽돌공, 직각자의 가장자리는.

대림성 나마스테*

　노래를 불렀네 대림성에 갔네 주인은 백골이네 백골은 안 받아요 나마스테는 얼굴이 빨개졌네 그는 백골이 아니었는데 웃겼네 계단을 올라 젖은 향을 피우네 나마스테 나마스테 집에서도 이 냄새였네 달달했는데 나마스테 만들던 카레는 어디어디 나라 것은 아닌데 콧구멍을 틀어막고 목구멍으로 밀어 넣어도 강했네 목이 울고 레몬 조각 수돗물에 둥둥 떠 있네 빨았네 먹었네 이씨 이씨 망치질을 왜 이렇게 잘해 물었을 때 나사못을 반장새끼라고 생각해봐 자, 누구라고 생각할래 이씨 이씨 카레를 후루룩 넣었어야 했는데 콧구멍을 틀어막고 목구멍으로 넘겼어야 했는데 올라간 뒤로는 아예 발소리가 안 났네 잘 잤냐 두드렸어야 했는데 기척 없어서 고향 갔구나 문을 열어봤어야 했는데 종이짝에 글씨인지 낙서인지 도통 무슨 말인지 왜 미안하다고 미안하다고 죄송하다고 그림 같은 낙서 중에 나에게 사기라도 쳤냐고 미안한 줄 몰랐네 방에서 고기를 굽겠다고 숯을 피운 건지 월세가 없던 건지 반장새끼는 돈이 없다고 눈을 부라리네 조금만 일찍 쥐여줬어도 선불 폰에 목소리를 조금만 담을 수 있었어도 왜 왕래도 없었다니 대림성은 백골을 안 받았을 텐데 노래 부르고 싶다고 했네 사장을 불렀네 당부했네 나마

스테 하지 말라고 여기 사람 아니야 말이 말 같지 않았네 눅
눅한 소파는 초기 버전 번역기 되어버렸네 보리차에 오줌을
섞었다고 모두가 마시는 맥주는 아닐 텐데 새우는 지하에서
사흘을 버티고 버텼네 그렇다고 깡이 세지는 건 아니란 걸
새삼 느꼈네 나마스테는 나마스테 대림성만 부르네 눈알을
못 봤네 덩실덩실 흐느적거리는 뒷모습만 보았네 나마스테
는 백골이었네 메는 목으로 카레를 넘겼네

* 가슴 한쪽 가족사진의 염료가 날아갔습니다. 오각형의 구조물을
  만들고 아내와 아이에게 '**인사**'를 했습니다.

다시 한번 말씀해주세요

니 시팔넘아* 웃기지요 한바가지 담아 먹고 있어요 목마른 하수관으로 흘러가요 떠나온 사람들은 떠나간 사람들을 잊어요 멀리서 '니'를 부르면 '너'가 답하고 '네'로 말해요 눈 한번 마주쳤을 뿐인데 한번쯤 들어본 것 같은데 장춘인지 연길인지 서로서로 부르네요 아침에 쑤셔 넣었던 토스트며 두유가 위장에서 분해도 안 됐는데 놈이라니 미간도 발랄하고요 볼따구니가 붉어져요 주먹을 꽉 쥐어보다가 웃기지요 손바닥으로 바람이 지나가요

야 시발놈아 못났지요 바닥만 보고 있습니다 그거 가져오라면 이거 들이밀고 저거 가져오라면 구정물에 휩쓸려서 발만 구르고 있습니다 귓구멍 막혔냐 하셨지요 고놈의 귀를 자른다 하셨지요 촥 — 떨어진 신발 밑창 기운 다 쏟은 듯 이제는 쉬어야지요 하수관 타고 거제로 갈거나 하셨지요 정강이가 시퍼레지도록 발끝을 마주했던 오후에 말씀해주셨잖아요 진득하게 익혀야 먹고살 수 있다고

숟가락은 시멘트의 맛을 기억합니다 함바집 메뉴를 물었을 때 그런 건 몰라도 된다 하셨지요 식판을 고향 삼아 김치

며 나물이며 든든해야 삽자루를 거든다고 하셨습니다 고추
장을 툭, 참기름 한방울 떨구어주셨지요 별도 안 보이고 말
도 없습니다 공항버스는 강변북로를 타고 구불구불 내려갑
니다 산을 접으면 두어개쯤 들어갈 여행가방을 맞잡고 쌀은
동그라미다 설탕은 삼각형이고 소금은 사각형이라고 사는
곳은 비슷하다고 하셨습니다 떠나온 고향 근심 걱정 손길도
잊지 못합니다 버스 손잡이를 꽉 쥐고 뛰는 심장을 붙잡아
도 보고요 어깨와 어깨를 발과 발을 마주했습니다 만원버스
에서 나마냥

* 사람들은 먼 길을 떠나는 젊은이에게 밥 한끼 먹이고 싶었다. **'밥
먹었냐'**고, 건강해야 한다고.

초원의 벽

　말할 수 없는 밤이 됐지 숙소에서 말똥 냄새 난다고 여기
풀 뜯는 놈 있다고 눈 비벼대고 누구냐 그놈이 간장 잘 먹는
놈 있다고 초원이라고 넓은 초원에서 왔을 것이다 초원이
라 불렀지 작업반장은 간장 잘 먹고 있다고 젊어서 돈 없으
면 간장에 밥 잘 비벼서 먹었다고 지금도 입맛 없으면 가끔
생각나서 비벼 먹고 있다고 비벼보니 오래전 무협영화 주인
공인지 서부영화 악당인지 콧수염이 닮았다고 돈 벌러 온
사람 생각 들어 말 몇마디 타려니 말이 서툴러 말이 칸막이
가 됐다고 한칸 두칸 세칸 칸만 나오면 시끄러워 좆도 싸움
질이지 칸의 기질이라 말하고 사람들 등 돌리면 초원은 공
사장의 가베*를 세우지 이봐 초원이 정말 날카로운 눈을 가
졌는걸 5공구 11층에 뭐가 보이냐 그리고 위에는 또 뭐가 보
이냐 묻곤 했지 서쪽을 바라보며 부모형제가 초원에서 텐트
치고 살아가고 있냐 작업반장이 물어보니 3공구 14층은 그
냥 석고보드를 쌓아두었고 그 위에는 초원도 없고 칸도 없
고 말똥 잡초도 없으니 내 눈이 매의 눈이 아니라서 좋은 편
은 아니라고 말했지 내가 자란 곳에는 몽고간장은 없다고
독산동 근처 오시면 밥 한번 살 테니 초원은 벽에게 말 걸고
있었지 초원이 세운 벽은 가베고 마주한 벽은 칠성사이다처

럼 맑고 투명한 벽인 걸 고향 땅 돌아가서 초원을 밟아보니
알았다고

---

* 가베는 **'벽'**이다. 가뭄이 찾아오면 고향 땅이 콘크리트 바닥처럼
  보인다고 말했다. 텅 빈 건물에 벽을 세우는 사내는 10밀리 나사
  못과 계양 전동 드라이버가 그의 말이라고.

건너 건너 아는 사람

겨울이 머물고 있는 집에서 박씨를 깠다. 시골까지 뭐 하러 왔는가, 돈 벌러 왔습니다, 허허 여기에 뭐 있다고, 찾아봐야죠, 허허 못 찾을 낀데. 바람이 싸—지르면 자갈이 갈라지고, 바람이 싸—지르면 가지가 울었다. 바람이 고개를 반쯤 다,른 곳에서 늙은 악센트는 힘을 잃었다. 길손이 달을 찢더니 막막하다.

달력 안에 빙(氷)은 존재하지 않는다. 남극의 공기를 다큐멘터리로 마셨던 박씨. 빙(憑) 뒤에 숨은 자갈과 경광등과 시멘트가 삼룡이처럼 팡파르를 울리고 있을까? 너무 뻔하게 산이 되었다고. 자갈은 침을 꼴깍. 시멘트에게 애걸했다지. 모래와 자갈은 수돗물을 씹어 먹었다. 통밧줄은 의지가 강했다. 우울한 양동이. 경광등이 자갈의 배를 가를 때, 벨이 울린다. 옥수수 알갱이들이 빛을 뿜는다. 경광등에 온도가 존재한다면 당신은 지랄이야.

안전주의가 보인다. 조심해야지 조심해야지 열번이고 까, 까먹는데. 그래 봤자 콘크리트 계단은 칠층입니다. 고개 숙여 올라가는 길. 넘어야 할 고개가 스무 고개고 함께하자던

16

두 다리 삼십육계 줄행랑을 쳤습니다. 높은 곳엔 천국이 분명히 존재합니다. 믿습니까? 약도까지 인쇄된 전단지를 공사장 입구에서 나눠주는데, 입장권 받들고 올라가는 계단은 왜 막막할까요? 뛰는 심장을 가룹니다. 모래를 뿌려서 염을 합니다. 허벅지를 찢어 다루끼*를 도려내고 신경을 끊어보지만 결국엔 통증아, 나 살려라 애원합니다. 천국은 약 몇 킬로미터 남았습니다. 안내간판 간데없습니다. 행복 찾고 싶은 마음 들켜버렸구나. 벽돌의 개수가 모자랐나. 단의 무게가 모자랐나. 어깨에 가해지는 중력이 품삯에 못 미쳤나. 숨 좀 돌리겠습니다. 땀으로 온몸을 간했습니다. 침샘이 인력이라, 목구멍 떨어지지 않게 버티고 있습니다. 미적지근한 삽자루가 천장을 긁을 때.

* **다듬어진 나무를 부른다.** 옹이를 끌어안고 여보 여보시게 부르던 사내가 있었다. 무릎을 꿇고 흙을 기도할 때, 잡초도 자란다. 간장 콜라 커피로 별을 그리는 마음으로 살다 가겠지.

오산 스타렉스

사장놈이 의리 찾더라 두 손 붙잡길래 돈 벌러 와서 그딴 거 눈곱만큼도 생각 없다, 했다 허허벌판에서 별 생각 한다, 했다 믿고 맡길 사람 너뿐이다(그 의리 돈으로 치환될 수 있을까?) 웃돈 쳐준다, 했다 기숙사에서 몇놈 사라졌단다 근데 왜 나를 불러 세워, 지가 할 것이지 역 앞에서 승합차 세우고 '잡부 셋' 소리 질렀다 뭣도 모르고 사내들 손짓하고 악다구니한다 달려들더라, 몇놈 데려다 연결해줬더니 사내들이 그르모* 그러더라 운전대 잡는 거 그리 대단한 것도 아니고, 그리고 함께 웃고 자빠졌다 그르모 그르모 그러길래 그 그르모가 대체 뭐요? 웃긴 왜 웃어, 등에서 식은땀 솟구쳐서 장딴지까지 강줄기 생기더라 밤이면, 밤 되면 기름통에 빠져 잠이 와야지 뒤적이다 빨갛게 염색된 눈알 뒤집어까고 공장을 뒤척였다 스타렉스에 시동 걸어놓고 이참에 그 길 찾아봐야겠다, 했다 왜냐고? 원래가 그렇게 생겨먹고 싶어서 생겼겠냐? 너희들이 그렇게 부르니까 새벽마다 배달 가니까 우습냐? 공장에서 말 잘 듣는 개 노릇 톡톡히 하고 있었다 주말특근 꼬박 챙겨 먹고 야근하라면 꼬리 흔들고 좋아죽겠다 시늉했다 벌판에서 사는 거 별거 없다, 했다

18

* 방글라데시 사람들은 나를 그르모라 불렀다. 그르모는 포주다.

여의도 트럼프

배달 갔는데, 트럼프아파트올시다. 네, 그 트럼프. 미국 거시기. 마블 슈퍼 영웅 아니고 DC 코믹스 빌런 중에 아주 독한 놈으로다가. 두 팔 벌리고 있는 듯하게. 우습게 생긴 듯하게. 그런 선인장 하나 배달했시다. 주인양반이 대문 열어주며 한숨부터 쉬는데, 그 바람에, 콧바람에 날아갈 뻔했시다. 거실에는 선인장 하나가 녹아 있습디다. 저 양반이 선인장을 사랑 아니고 고문했시다. 이 양반아, 선인장 녹아서 물 흐르니 사랑이 넘쳤지, 선인장은요, 물 주는 거 그거 사랑 아니올시다, 선인장은 녹색이올시다, 아시겠어요? 어쩌다 박히면 봐주시고요, 선 넘지 마시고요, 침 튄다고요? 아니요, 가시 돋았거든요, 왜요, 바라보지 않는다고요, 착각하지 마세요, 꼭 그런 사람 있더라, 주인양반아, 선인장 어디서 자라는지 알면서 왜들 그러시나, 무심한 듯 바라보다, 두어달쯤 물 반바가지 보내주세요, 눈물 콧물 아니고, 뿌리 말고 화분 가생이로, 도랑으로요, 그럭저럭무럭 무심하게 사는 게 사는 거예요, 왜요, 아시잖아요, 알면서, 선인장 앞에 두고 뭐시냐 랩도 아니고 한곡조 감았시다. 목이 칼칼해집디다. 이럴 때는 서울막걸리 아니고 코카콜라 딱인데.

20

고시원 침대는 뭐다?

세탁실에서 탈수기가 싸움질이다. 몇호실 빨래와 시비가
붙었을까? 추가요금 내시고 조용한 방으로 옮겨 가세요, 총
무가 공고한 밤이다. 누구는 시끄러운 거 모르고 자빠졌냐?
조문 없으면 싸움이나 말릴 것이지. 누런 런닝구를 빨랫비
누에게 던져버렸다. (확 ─ 무심결에) 피부 갈라진다고, 체
중 줄었다고, 농담 걱정 반반 하던 빨랫비누의 하소연을 몰
라봤다. 체육관 샌드백도 아니고 누런 런닝군데. 세면대에서
게거품을 물고 죽자 살자 비비고 싸우는 소리에 고시원이
떠들렸다 가라앉았다. 젠장, 자리를 박차고 나갈 수도 없다.
말리던 손과 팔은 만신창이 되고 말았다. 잠이나 잘걸. 옆방
에서 벽 한번 두드렸을 법도 한데. 벽 타고 넘어간 소리에 애
청자가 되어버렸나? 런닝구는 짜도 짜도 마르지 않고, 빨랫
비누 거품은 그대로 눅눅한 밤이 되어버렸다. 나를 아껴야
해서 이 한 몸 눕히려는데, 침대는 가구가 아니다, 한다.

신수동 수화물 터미널

　그렇게 펄펄 끓고 있으면 어찌하랴 물어보면 왜 우스운
건지 우는 건지 우그러진 상자들 시큼한 냄새 숨이 멎는다
사내들 여전히 짐을 나른다 주임은 속도 모르고 느려터져
속 터진다 고래고래 지른다 땀에 절어 윗도리 벗어제낀 장
정들 입 모아 목 타들어간다 말해도 상자는 이리저리 옮겨
지겠지 이국 청년들 안쒜엔, 안쒜엔* 읊으면 그래, 그래 취하
려면 멀었다 누워버리면 갈 곳도 없다

　소매 접어 올리고 바짓단 추켜잡고 접고 무릎까지 접는
다 형씨, 그거 알아? 테트리스, 뭐 하다 이곳까지 오셨어?
저 ─ 거봐라 무너지겠네, 형씨, 오락실도 안 가보셨어? 무
너지면 어떻게 되는지 알아? 물어본들 아나 물 한모금 마시
고 오라 해라 넘어가겠다

　머리 돌아간 선풍기 날개 달고 돌고 수레 끄는 사람들 돌
아버리기 전에 먼지바람 일고 무너지고 그는 화물 꾸러미에
깔려 일어날 수 없다 화물차는 달리고 싣고 나른다 컨베이
어 벨트는 쓰러진 그를 흘려보낸다 분류되면 옮겨지고 수레
에 싣고 실리고 그를 짐짝 사이에 잠시 낑겨놓는다 벨트 가
동되면 벨소리 징하게 울린다 미친 듯이 밀려온다 달려들고
돌고 돌고 분류하고 분류되고 쌓여 있는 상자들 육면체 모

서리 구겨지고 짜부라지고 주소지 불명이라 한편으로 내동 댕이쳤다 누락된 짐짝 되어서 서로 원수지지 말자 찌그러지 지 않게 옮겨라 주임도 한마디 던진다

　그나저나 오늘 왔다는 사람은 어디 있는지 인사 신고는 왜 없는지 벌써부터 노랗다 안 봐도 보인다 이렇게 묻기라 도 하면, 말 걸지 말고 가던 길 가소 어서 보내고 오소 쩍쩍 갈라진 갈색 소파 선수 대기실에 교대시간 기다리는 수화물 노동자는

* 숙련공은 누가 쓰러질지 알고 있는 눈치지만 오늘만은 쉬쉬한 다. 멀리 이국에서 건너온 노동자가 화물차 안으로 이끌려간다. 직업소개소에서 알려주는 말은 **안전**이다. 그들은 그저 **안취엔** 한 번 소리 낼 뿐이다.

살갗 아래

탕 그릇에 수저 휘저으면 식구라 불렀다 쿵쿵 냄새 맡고
들 기어나오는지 어제 왔다는 개 손놀림이 빠르다는 개 장
반장 밑에서 일 시작하는 개 홀연히 사라지는 개 그저 개 너
를 개라 불렀다 목청껏 울었고 미친 듯이 짖었다 종종 내 옆
에 존재했다 했지만 보고 있자니 멀어서 형태만 가늠해본다
저게 사람새끼인지 건설되는 꼴

콘크리트 들보에 황혼이 깃든다 온통 붉어서 너까지 타오
른다

네가 울었다 그리 멀지 않은 곳에서 나는 재수없다 침을
뱉는다 신발을 세워 흙바닥을 툭툭 내리쳤다 파이는 구덩이
가 달 표면을 닮아서 한참을 바라본다 슬슬 돌아가자

수신호를 받는다 받았지만 너를 부를 수는 없었다 너는
승합차를 쫓아온다 차량의 불빛은 한치 앞 노란 줄 선 하나
를 쫓는다 아스팔트 길 옆 마른 넝쿨이다 타르 냄새 진동한
다 코끝이 아프다 새들은 침묵했다 풀숲 사이 두개의 흰 점
사라지지 않는다

나를 따라왔을까? 차 안의 누군가를 기다리고 있었는지
도 모르겠다 숙소 주변을 가득 메운 소리가 사라졌다 그 밤
에 사라졌을 거라 짐작한다 너는 몸을 누인다 성난 울음을

멈춘 지 오래되어서 숨쉬기조차 조심스럽다 아주 낮게 엎드렸다 진득한 어둠은 너의 허기를 조롱하듯 나뭇가지를 꺾는다 너는 이빨을 드러낼 거다 울음소리를 억누르고 싶지만

　사람들은 너를 개라 불렀다 승합차에 차곡차곡 오르는 사람들은 소리가 사라졌다 듣지 못했다 누군가는 창밖을 보고 있다 누군가는 하품을 한다 누군가는 시동을 걸고 누군가는 누군가는… 맞은편의 사내가 어깨를 으쓱인다 그런 녀석들은 돌아올 거라 한다 너를 알고 있다 기척 없이 다가온 너에게 돌을 던졌다 꼬리를 흔들어도 돌을 던졌다 괴사한 가죽으로 파리가 날고 있다 매질을 했다 흐르는 침 좀 봐라 목을 매고 매질을 했다 발가벗겨진 너는 그슬린 그 밤에 악다물고 너는

왕년의 톱스타

톱을 켤 수 있는 시간이 찾아오면 각을 가늠합니다 흙 밑 배설물이 수많은 세월로 나이테를 에두른 나무 조밥 알갱이를 쏟아내고 있습니다 팔과 등을 가볍게 몸의 중심을 앞뒤로 움직입니다 그는 톱질을 하고 있습니다 몸을 흔들고 모두가 노래를 부르던 시절 밥을 지어 먹습니다 목청 떨어져야 알알이 박힌 근육이 풀리던 시절을 기억합니다

사내의 애창곡을 톱질 장단에 맞춰 읊조립니다 유리창이 덧대어지고 조명이 어두워집니다 미러볼이 멈추고 벽을 장식하는 문양들이 사라집니다 땅속 작은 방들이 시답잖은 톱밥을 뱉어내고 있습니다 어제의 가수는 조용히 퇴장하고 유행가는 돌고 누런 튤립 벽지만 홀로 남아 목수의 바짓가랑이를 부여잡아봅니다 톱날에 가락이 튕기고 흩어지는 이 순간, 나무에서 톱밥이 분리되는 이 순간, 무뎌지는 톱날은 어찌해야 할까요 몸 둘 바를 모르겠는데 노래방은 내부 수리 중입니다

전주 가옥 보수할 때 대목장이 그와 비슷한 목소리를 가졌다 했습니다 비슷한 자세로 대패질하는 사람을 광주에서

보았다 합니다 군산에서 망치질 잘하던 사람의 엄지손가락이 그와 비슷했다 합니다 서산에서 타일을 붙이던 노동자의 눈이 그처럼 탁했다 합니다 인천 자유공원에 앉아 있던 사람이 젊어서 목수 일을 했다 합니다 애창곡으로 배에서 내리는 뒷모습이 언뜻 그를 생각나게 했다고 그는 오래전에 왼손잡이였지만 이제는 오른손잡이라 합니다 빛바랜 나이트클럽 포스터가 붙어 있는 소도시 골목에 나뭇결을 읊조리는 목수는

내비게이션은 업그레이드가 필요해

너희 모자는 어쩜 목 뒤 쥐젖도 닮았니라고 말했지 사고 치는 날 어김없이 알아채는 어머니를 가좌동 콜롬보라고 의심 한번 해봤다 혹시 두개의 쥐젖 연결된 걸까? 그날도 선생님 슬리퍼에 눈높이를 딱 맞춘 어머니 내 목의 쥐젖 뽑아버리면 모든 문제 해결될 수 있겠지 염원 담아 단박에 목 뒤 한점 뽑는다 아얏! 뿌리까지 온몸 타오르고 검붉은 피는 재가되고 나의 쥐젖 흔적만 남고 어머니와 통신 두절됐다고 생각 들 때 낡은 내비게이션은 가로축 세로축 좌표 평면에 점하나 찍을 수 없다고 경고창 뜨는데 가좌동은 북으로 가야되나 남으로 가야 되나 어머니는 여전히 통화 중이고

근무일지

나는 허용될 수 있는 물건에 이름표를 달고 평계를 붙이고 샴푸는 마셔버려서, 면도기는 손목을 그을까봐, 볼펜은 찌를 수 있다 해서 수건도, 수건은

안 되고 안 되고 안 되고 안 되고 안 되다가 둥근 나뭇결 조그만

외눈박이 영롱한 빛 아롱다롱 오채 빛깔 회전하고 회전하고 회전하다 폐쇄병동 사각형 당신을 신고한 혈육들 팔각형 의사와 병동 간호사 당신의 진단 육각형 당신과 당신의 소지품을 분류하는 병동 보호사는 삼각형 다시 육각 아니 삼각… 각, 각, 각 덜컥 그러다 오도카니 머물고 싶었던

당신의 만화경 내 주머니 속으로 찔러 넣네 당신을 보관하던 그날

밤낮이 뒤집어지고 배 속이 뒤집어진다 소리 지를 때도 나는 당신의 만화경 속에 머물고 싶어라 쇠창살 사이로 살려달라 질러도 구해달라 질러대도 어쩌고저쩌고 병동 밖에서 들리는 소문은 동네 괴담이라 웃어버리고 가두려는 자와 나오려는 자의 싸움은 더이상 존재하지 않는다 에둘러 보내고 쇠창살 커튼 쳐진 막과 막 사이 벌어지는 일이라 좁혀질 수 없다 정답이다 장담은 못해서

가끔은 웃는 자와 가끔은 찡그린 자들이 나누는 대화가
파랑새 요지경 같더라

외출을 허락받은 당신 헤매고 달래다 이마에 맺히는 땀방
울 한방울 이슬로 위장을 쓸어내네 어이구 장허다 이그이그
참았어야지 길바닥에 드러누워 올려다보면

세상은 천천히 회전하고 회전하고 회전하다 술 없다 슬프
다 돈 없다 외롭다 난장 까는 당신 깨진 이빨 철철 흐르는 선
혈 귀싸대기 한방 날아와도 모든 걸 이해해보겠노라 사랑한
다 모가지를 한없이 조르던 어제의 행위 오늘의 망각 속 팔
각형 치료를 받겠다는 약속은 육각형에서 다시 분열하고 분
리되어서 딱 한잔만

커튼 쳐진 여인숙 꽃무늬 민들레 그림자 이틀 밤낮 지새
우는 당신을 무엇이라 부를까? 오각 다시 사각 아니 삼각 쪼
그려 앉아 울고 울고 울다가 구급차에 이끌려 나가는 당신
헤헤 미련이 남았었나봐요 가방 속 당신의 소지품

만화경은 뭐요? 물으면, 저는 실패한 사람이에요 중복음
삐 — 소리 삐 — 삐 — 소리 중얼중얼 읊는 소리 하루 벌
어 하루 사는 흐트러지는 찌그러져 찢어져 그럭저럭 변두리
막일하는 십이각형이란다 십사각형이란다 아니 이십칠각

30

이라고… 사십삼각 팔각 사각 각, 각, 각 덜컥 그러다 미동조차 없어라 그 안에 머물고 싶었던

철문 사이 오도카니 서 있는 당신 앞에 쇠창살

스뎅 철문 철줄 사이사이 한줄 한줄 내리긋고 나와 당신을 조심스레 끼워 맞추다보면 그 모습은

나를 어디쯤 두어야 할까?

핼쑥한 당신 고개 돌릴 필요 없는데, 기억하지 못할 거야 사기든 추행이든 폭력이든 자살이든 돌아온 거 보면 용해라 조울감이다 내려진 진단은 가볍다 못해 아무것도 몰라서 알코올빙에 취했건 무엇에 취하든 나는 곤히 잠이 들곤 하는데 머릿속서 믹서기 돌아간다 배 속서 갈기갈기 찢어진다 보호실 믹서기 갈아대네 **거참 요란도 하지** 구속끈 묶어 자장가라도 불러주랴 했던 그 밤 폐쇄회로는 지켜보고 있었지 나는 목 탄다 속 탄다 지긋지긋 머리 흔들다 물을 달라 화장실에 가고 싶다 간절히 원하는데 불러도 찾아도 모든 건 환청이다 망상이다 당신 하기 나름이다 당신은 내 만화경 속에 머물고 싶어라 내 얼굴에 침을 뱉어라 **가만히 누워 있으면 안 되겠니?** 나는 모자란 수건으로 목을 둘둘 말아 감고 감아서…

당신의 호주머니 속 내 만화경 여전히 돌아가는가?

비둘기

전쟁 종식을 선포한 당신 망명 중인가? 아가리 벌린 운동
화 풀풀 고린내 끊어진 다리는 절뚝이 2박자 외발 인생 보도
블록 부스러기 쪼아 먹네 당신 또다른 전쟁을 준비하는가?
사각 평면 위에서 변곡점으로 다가서기 위한 몸짓 저공으로
펄럭이는 날개 서로를 뜯어먹는 한낮의 공원에서 사내는 의
자를 점령한다 구 — 구 — 구 사각 평면을 덮는 마름모는
별개의 세계 정중앙 물 뿜는 분수대 주변으로 퍼지는 무지
개는 굳게 닫힌 젠장 사내의 행동은 의자의 동행 무의미의
행동 멈춰버린 행동 동행하지 않는 행동 의자의 행동 의자
에 누워 저 허공의 손짓 공원에 퍼지는 주술 같은 중얼거림
겨드랑이 사타구니 피고름에 진득한 냄새는 허름한 이 옷에
서 풍겨오는 쉰내 그보다 머리에 베고 있는 검정 비닐 쏟아
지는 육장 반질반질 흐느끼는 윤기 당신의 엄폐물 그 안에
서 떠돌뱅이 공원 인생 애걸해도 파란 하늘 안녕한지 당신
의 유배 안녕할 수 있을지 구 — 구 — 구 3음절의 단호한 음
률 참을 수 없는 분노와 알 수 없는 울분 뱉어내는 울부짖음
흔들거리고 반복되는 두통 짓거리고 떨쳐내려 한다는 것은
사내의 고통 물줄기가 사라진다 **뿌드득** 몸짓의 활공 개기름
처바른 날개 앙상한 날갯죽지 뻗어 오른다 서부역을 조감하

는 당신 빙글빙글 사각 평면 위에 선명한 당신의 그림자 염천교 지하도를 관통한다 한치의 오차도 허용할 수 없는 간결함 아슬아슬 사각 평면을 지나 마름모 안으로 진입을 시도한다 다시 한번 힘차게 광장 육장 젠장

해체되기 위한 쇼

우리는, 파이프를 세우고 파이프를 눕힌다 서로에게 기울지 않아도 될 만큼 다져진 바닥 끝을 끝에 조심히 내밀면 끝까지 끝을 내민다 체결하듯 서로를 놓아주지 않으려는 결속 둔중한 파이프, 그 파이프를 조이면 여전히 세워지고 여전히 일어서고 여전히 놓인다 우리는, 단면을 갖추자 단면을 갖추자 단면을, 단면을 외치자 다면체를 둘러쌓는 시간은 배경만큼 광활해진다 무대 안으로 집중되는 재료들이 있고 결합되기 위한 시간을 갖자 골격을 갖추려는 의지 외피를 누르려는 응집 내장재를 구겨 넣는 고집 행동지침을 따르는 배우들이 건설 현장 위에 존재한다 형태를 갖추면 해체되는 무대에서 외줄을 타자 쇠막대 하나를 쥐자 매달린, 붕붕 뜨는 몸짓들이 있다 아슬아슬 한발에 외줄타기 다음 한발을 내딛는 몸부림은 무대를 기웃거리는 단역배우의 리허설 아시바 쇠파이프는 건설되는 모든 형태보다 먼저 서야 하고 먼저 쓰러져야 하는 해체를 위한 약속, 존재하지 않았던 온전한 형태를 가져본 적 없는 우리는, 모든 다면체를 위한 우리는

34

점입가경

원점을 찾는 측량사의 그 눈, 한 눈에서 한 점으로 끝나는 일 우리는 흙바닥에 싸늘한 컨테이너 박스 하나 놓이기를, 기다리는 일 컨테이너는 바닥에 점을 찍을 수 없는 일 들뜬 마음 머무를 수 없어 떠날, 떠나는 우리들의 일 염 없이 한 점 내려치는 일 솟은 산 정면으로 응시할 수밖에 없는, 한 점 파 들어가는 길 멀리서 보면 한 점뿐인 길 들여지는, 들어가야 하는 우리들의 일

커가는 원점을 다지는, 섞이는 콘크리트 노릿물, 줄줄이 들어가는 레미콘 차량 행렬, 터널 속 울려 퍼지는 물방울 떨어지는, 흔들리는 트럭 전조등에 비치는 흙먼지 알갱이 하나하나 우리 기분 속에 가라앉는, 돌덩이 내 몸 나를 가로막는 까마득한 어둠 속 입구 그건 큰 원, 혼자만 존재하는 누군가 옆에 있어도 결국 혼자인 나 혼자일 수밖에 없는 원점 얼음 속 깨끗한 먹먹함, 굴쟁이*라 불리는 우리들, 여기 공기가 참 더럽다 지친다 해도 담배는 한모금 깊고 깊고 길고 들이켜야 하는, 지금 정신이 몹시 혼미한

터널 속 울려 퍼지는 사이렌 낙석인가 둘러보면 누군가

떨어져, 지금 정신이 몹시 혼미한, 그래서 울려 퍼지는 사이렌 듣고 있는 우리는, 한 점 원점 파 들어갈수록 흙먼지 알갱이 켜켜이 쌓여가는 돌덩이 무너지는 돌덩이, 울려 퍼지는 사이렌 듣고 들리고 이번엔 또 누구래? 낙석이래, 한 점 원점 파 들어가서 멈추는 우리는, 점점 굴러가는 우리는 흔들리는 돌덩이 쪼개진 돌덩이 느닷없이 쏟아져 내린 돌무더기 돌덩이들 우르르 쾅

산허리 무너지면 웅웅 윙윙 울고 울려 퍼지는 사이렌, 먹먹함은 흔들리다 떨리고 가슴을 때리고 쎄 하고 나는 쉰 목소리 웅웅 윙윙 귓속을 맴도는 진동은 뭐래? 웅웅 윙윙 맴도는 여기가 막장이래, 원점 관통하고 싶은 나 겨울 봄 밤 여름 흙빛 가고 가을 낮 암흑빛 오고 봄 봄 겨울 겨울 웅웅 윙윙 귓속을 맴도는 바람이 원점을 관통하는, 순간 산은 점점 커지는 산이라 골이 깊이 팬 산이라 굴쟁이 우리들 가두려는 산이라, 점점 커가는 원점을 다지다 까마득한 어둠 속 출구 그건 한 점, 웅웅 윙윙 울리는 먹먹함을 한 점 찍어나가는 굴쟁이, 복권방 길게 늘어선 행렬 속 섞이는 점은 내 손에 검정 수성펜 찍는 점은 터널 한 점 파 들어가는 길 멀리서 보면 한

길뿐인 점점 들어가는, 들어가야 하는 나의 일

* 터널 속 암흑으로 들어가는 그들에 대한 존경의 의미니. 소총만
  안 쥐었지 군인이라. 매일매일 전쟁이라. 암벽 속 폭약을 설치하
  는 의미를. 터지면 울리고 터지면 떨리고 가슴이 좁여오는 것을.
  청심환 한알로 해결되지 않은 해결할 수 없는 하루를. 희박한 공
  기를 나눠 마시는 그들의 연대를. 희뿌연 흙먼지 안개를 뚫고 흙
  먼지를 마시는.

잔업 특근

뉴스 보셨어요? 자루에 사람들을 쓸어 담던데, 가능한 일
인가요? 꿈틀거리는 거 봤어요? 자가격리자들 생활쓰레기
뭐 요란한 걸 담았다고, 사무실에서 오라 가라 하나요, 저를
오라 하시면 절레절레 흔들까요?

얼른 달려가겠습니다,

저보고 그 짓을 하라는 건 아니죠? 거리에 쌓여 있는 자루
들, 그거 맞지요? 무조건 하라고만 말고 알려주셔야죠, 작은
자루 쓰러진 자루, 그럼 노인들과 젊은 사람들 다 같이 분리
수거 하나요?

던지라고 던지면,

지금 용서받을 수 없는 짓을 저지르는 거예요, 성부와 성
자와 성신의 이름으로, 아… 아, 잔말 말고 봉투나 던지라고
요? 수거 차량에요? 차곡차곡 쌓을 수 있다고요?

영원한 안식을 건너뛰면 어쩌자구요, 이번 생을 고이 접
겠습니다, 볼록한 봉투 던지면, 터지면, 유리 파편 덮치면 어
쩌자구요, 김치 국물 시큼한 것이라도 흐르면 어쩌자구요,
물컹물컹 줄줄 새는 찌꺼기 국물 받아 마시라면 흉내는 내
겠습니다, 창전 해장국집 개 뼈다귀 봉투 찢고 먹따는 소리
지르면 잠자코 듣겠지만,

이건 아니지 않습니까,

저 자루에 뭐가 들었는 줄 알고, 서강동 종량제봉투 혼자
서 수거하라면 하겠습니다,

제정신들이 아니고서야 자루들 수두룩 빽빽 쌓아둘 수 있
는 건가요? 저 봉투 언덕 보면 돌아가지요?

수백 수천이 줄줄이 나자빠지는데,

이렇게 하라고, 지시고 나발이고 내려주어야 하는 거 아
닙니까, 병원에서는 옷도 주고 신발도 신으라고 하더만, 아
니 왜 다짜고짜 수고하라고만 하십니까들,

입에 걸친 마스크 유난히 우물우물합니다,

내 앞에는 복수니 쌍수니 제법 익숙한 선택지가 놓여 있다

마취

핏빛 덩어리가 쏟아진다 뜬눈으로 전파를 수신한 사내 커피 자판기에 동전을 넣네 무너진 신경의 모든 감각을 **지금 이순간 질주하는시간**이나 **축복의약속**에 맡겨보려 해 전력으로 뛰어가는 저 말들을 봐봐 터질 듯한 심장박동을 느껴본적 있나? 사내는 천둥소리를 들었다 했지 앞다리를 박차고 내딛는 저 경주마를 봐봐 숨이 멎을 듯 미친 듯이 달리고 싶다 느껴본 적 있나? 사내는 두근거리는 심장의 떨림으로 주체할 수 없는 감흥에 취해버렸다 했지 그들의 심장을 탐하고 싶었네 '탕' 외마디 비명 소리가 울려 퍼진다 폭발할 것같은 고통을 극복하려 해 근육이 갈기갈기 찢어져 감각마저 사라지고 있네 바닥을 내치는 장딴지 검정 물결 푸른 힘을 느껴봐 피 냄새를 맡은 승냥이들 소리의 근원지로 모여든다 내달리는 경주마의 피 한방울 살점 한조각 얻기 위해 하얗게 질리도록 두 팔 허공으로 휘젓고 있네 팡파르가 울리면 함성과 종이 꽃가루 가득한 응원이 지상 가득히 퍼지네 **질주의끝**에는 환호의 세리머니가 형형색색 풍선으로 날아오른다 심장은 아직도 뜨거운데 후줄근한 잿빛 바다에 내쳐지네 바람 빠져 떨어지는 빨간 풍선들을 보았지 7번 트랙 **세상은빛날 것이야**라고 기상청은 예언하는데 수신하지 못해 살아가는 사람들은 계속 늘어나서 이곳을 배회할까? 빈손으로 돌아서야 하는 두려움이 전파를 뿌리는 오후 플랫폼 짙은 그림자 그들의 뜨끈한 피를 맛보고 싶었네 사내는 이곳을 배회한 지 오래전 기억나는데 언제부터 있었는지 어디서 왔는지 도무지 알 길이 없네

602호

피자 조각을 물끄러미 바라봅니다 페퍼로니피자는 차가
워도 맛있습니다 딱딱하며 굳건한 이 한조각은 누구를 위한
겁니까?

빈 병 두개는 처음처럼 한잔의 추억이 됐을까요?

휴지통은 요기요 배달통 영수증 귀지 묻은 부러진 면봉
뜯어진 스타킹 구겨진 포장지 둘둘 말린 끈적한 휴지 뭉치
뼛조각들 사이사이 살점들 양념들 후추들 소금들 코카콜라
맛있어 맛있으면 바나나 바나나는 길어 길면 젓가락 행진곡
은 이제 그만

갈아 만든 배 깡통 뚜껑에 짙은 입술 사만 오천원 모노텔
에 묵었던 그들은 지독스레

서로를 서로에게 서로가

탁자에 남긴 한줄 낙서 너를 증오한다 씨발아 누군가는
두줄 세줄 찍찍 긋고 너희 둘을 증오한다 씨발 것들아 낙서
금지 큭큭크윽 물걸레는 낙서를 지울 수 있을까? 한숨 접고

인터폰 벨소리는 어느 객실에 누구십니까 타월이 필요합
니까 시간 연장을 원하십니까 프런트를 서성이는 버릇처럼
어색한 어제의 당신들입니까 머물다 떠난 빈 객실을 찾아
헤매는 나 말입니까

습득물 보관함에는 선글라스 머리끈 모서리가 벗겨진 밤색 서류가방 신었던 필라 양말 한짝 한장 티셔츠 립밤 하나 파스텔 머리끈 여러개 그리고 그리고

삼십년간 주인을 기다렸다는 문제적 시집 한권 문제적 시인 문음사 뉘신지 모르겠으나 잘 읽었습니다 날이 밝아오면 보관함에 넣어두고 꺼내 오기를 여러날 하다 하다 어느덧 가방 속 작업복과 안전화 곁에 어느 해에는 현장 숙소 머리맡에

누렇게 변색된 종이 향을 맹렬하게 태웠답니다 나를 버리고 떠나신 당신께 전하고 싶습니다

나를 이곳까지 흘려보낸 당신들께 더할 나위 없습니다 감사하고 감사합니다

깜깜한 복도에는 섞이는 소리조차 들리지 않습니다 거울아 거울아 읊조리면 거울 앞에는 내가 있고 화장대 앞에 세면대 앞에 망연히 서 있습니다

침대 밑에 타월은 난잡하게 절어 있으며 무절제하고 뒹굴고 쭈글쭈글하고 이탈한 체모까지 품에 안고 있습니다 모서리에 걸터앉아 퍼르르 끓었던 포트의 물이 식기만을 기다리고 기다립니다 이제 그들의 흔적을 지워야겠으니, 청소 중 미끄럼 주의 안 보이십니까?

밀가루 시멘트

　나를 에워싼 거푸집 껍데기 때려 박는 시멘트 땅속으로
흐른다 삽 든 인부 물 호스 끌어다 되직이 해라 좀 지직하다
뻑뻑하다 질게 하지 마라 물 더 넣어라 누긋누긋 잘 삭힌다
묽어서 처진다 질벅하다 반죽을 빚다 힘드냐? 고작 이거 했
다 힘든 건 아니지? 탕바리 이곳서 무너지면 너는 어디서도
쓰레기 인생으로 살 거다 쓰레기, 죽을 것 같다 못 참겠다 더
럽게 쓰린데 쑤신데 치사하다 미치겠어서 들통에 응어리 확
풀어, 버리고 싶다 한마디 말도 못했다 모두 떠난 껍데기 거
푸집 서서히 굳어가는, 차마 굳지 못해 무너지는 건가 땅속
에서 나는 거푸집 탕바리 벗겨진 내 피부 두드러기 박박 긁
으면 쎄멘독 씻어도 세척해도 덕지덕지 시멘트 숟가락 들어
올리면 돌가루는 밀가루 탕바리 벗겨진 내 피부 파고드는
시멘트 한 포대 나르고 좀 쉬자 싶으면 눈치 보는 일도 품삯
이다 싫었다 쌓여가는 포대자루 푹 꺼진 어깨 아래 어깨 꺾
인 허리 옆에 허리 그을린 피부 위에 고운 가루 손에 담아 비
비면 밀가루 모래 반 모래 반 자갈같이 저으면 콘크리트 돌
가루 공구리라 불렀다 더이상 걱정하지 않았으면 좋겠다 했
지만 피부 고름 깨알 박힌 시멘트 작업복을 벗어도 묻어났
다 앉은 자리 일어나면 묻어났다 집으로 돌아갈 때 현장으

로 들어갈 때 인력사무소를 기웃거리다 돌아설 때 돌아서
갈 때 훌훌 털면 털어도 묻어났다 밀가루 나를 덮는 시멘트
따갑고 따끔따끔 목구멍 마디마디 부러져 마디마디 못 박
아 겨우 집에 왔는데 그들은 단지 웃기만 했다 묵직한 덩어
리 들통에 응어리 고운 가루 손에 담아 비비면 밀가루는 돌
가루 굳은 채 굳은 듯 꿈쩍 않는 콘크리트 시멘트 깰 수도 버
릴 수도 없는 바닥이라 이 바닥이 호락호락한 바닥은 아니
라며, 그들은 단지 웃기만 했다

즈음에

　문 앞 지키던 길고양이 새끼들과 떠났습니다 나는 마땅히 떠날 곳이 없어 벽에 망치질을 합니다 오래도록 사용한 장도리 손가락 찧고 대갈못조차 멀리 도망갑니다 걸어둘 곳 없는 목 칭칭 감긴 목 늘어지는 목 쌓인 먼지 훑습니다 방바닥 초병 서는 머리카락 소매 끝에 매달려 대롱대롱 새우잠 청하면 벌어진 밑창 안전화는 오들오들 떨고 있습니다 함박눈이라도 내릴 태세로 먹구름 피어오르는 공구가방 오목거울 속 그는 떡진 머리 누런 이빨 빙긋 웃습니다 탕, 탕, 탕 나는 점 하나 벽에 찍을 수 없고 탕, 탕, 탕 아무것도 채울 수가 없어서 탕, 탕, 탕 가슴을 두드리면 그곳은 냉골입니다

잡역부

분진막으로 포장된 라성빌라는 서 있어라 최후의 목도*를 증언하는 사람으로서 초대받은 자가 들어간다

기운은 무뎌져서 빙글빙글 도는데 휘 ── 사라지지 않네

돌더미에서 벌겋게 달아오른 얼굴들이 다가온다 만찬장으로 이동하면 편의점 그늘 아래 기름때 흐르는 가락들 고춧가루 깃든 가락들 발성이 다른 언어들이 원곡동을 휘젓네

라성**에 도착하면 편지를 보내라 했던가 사내는 종이상자에 돌멩이를 담아 보내야겠다 하네

뜯어져 내쳐진 양변기는 뜨끈하다 빛바랜 색바랜 가루 먼지 뒤집어쓴, 무심코 미련 없이 던져진, 앨범 속 얼굴들 오물 얼룩 듬성듬성 도장한, 이불들

어금니 꽉 깨물지만 썩어서 이빨 으스러진다 잇몸 턱주가리에 힘 들어간다 목구멍으로 마른침 넘어간다

낡아빠진 약해빠진 바람 빠진 찢어진 꽉 눌린 짓눌린 억눌린 공들과 휘어진 문틀 버려진 모든 것들은 홀연히 사라진 사람들의 안부를 더이상 묻지 말자 행여 묻거든

흙먼지 고여 있는 콧물 시원하게 풀어버리고 말자

물웅덩이 꿈틀대는 진흙은 라면수프 끓어오르는 매운맛인가 순진한 맛인가

연장 챙겨 담고 다리 끝 각반 풀면 사람들은 해체되겠지 흩어지겠지 철거되면 기억나는 사람들 어디서 무얼 하고 있으려나

라성의 흙더미는 서글퍼라 공터에 가락은 퍼져라 구석에 나 박혀 가라앉도록 흘러가도록 그렇게 숨 쉬도록 살아보도록 내버려둬라 투박한 손은 탁상조명의 단추를 찾고 갑자기 찾아온 어둠에 돌멩이는 움츠리네

파란색 분홍색 빨간색 갈라진 플라스틱 양동이 광장 되어버린 재개발 현장에 UN 기념탑 쌓고 세워지고 잡스러운 일들이 많아서 하루떼기는 끝없어라

* 목도는 돌을 나르는 일이다 목도채를 사용해 목도질을 한다
  목도꾼은 이제 공사 현장에서 잡일을 한다
  건설안전보건증을 소지한 사람들은 현장을 목도한다

  독수리가 머리통 채간다고 보호구 착용하라는 소장님 한 말씀
  확성기에서 뱉어내는 방송 차곡차곡 쌓여간다
  분양 광고 글씨 박힌 빨간 풍선 뜨는 날 내 몸뚱이 부풀어 올라
  붕붕 떠오르지 않도록 땀에 흠뻑 젖은 작업복을 겹겹이 걸친다
  발등을 찍어 쇠줄을 끌어다 발목도 엮어본다
  시멘트 알갱이는 빈터를 헤맨다

모래먼지 뒤섞여 엎어지고 자빠지고
알갱이는 회색 풍채를 드러내고 산과 산을 가리는 데 온 힘 쏟겠지
기생하는 크레인 박박 기어올라 얼마나 더 희망차다
골백번을 감탄만 해야 하나
흐르는 땀, 가래침에 섞여 먼지들 자라도록
삽질은 멈추질 않는데
작업 종료 방송도 안전 당부도 소장님 부리에서 나오는
늦은 오후
맨 뒷줄 흰색 보호구 담뱃불 끄라고 확성기가 쪼아대면
안전모가 보호하는 사내는

폐기물들아 시멘트 뿌리 박히면 퇴장해야지
삥끼통들아 네 몸속 모든 걸 게워냈으면 퇴장해야지
기레빠시 똥가리 하빠리 남은 것들 모조리 퇴장해야지
팔레트에 남겨진 것들 반품되면 퇴장해야지
퇴장했으면 퇴장해야지
미련 두지 말고 옮겨 가야지
찾아봐야지
너희들이 쌓이고 방방곡곡을 가리는 동안 찌꺼기들은
내 몸을 질소 충전한다

** 라성호텔 라성식당 라성양꼬치 라성실비 라성게임장 라성통신
라성택배 라성슈퍼 라성복권방 라성당구장 라성노래방 라성 라성
라성, 라성은 안산이 아니다 원곡동은 더이상 불야성이 아니다

도는 새

　한낮의 태양은 선 하나를 슥 그었다 바람이 사라
졌다 구름은 한마리 새 던지고 사내는 날아간 새 손
발 들어 맞이한다 지나간 새 툭 떨어진다 무심히 떨
어진다 미동 없이, 떨어졌다 한번의 몸짓 개기름을 톱
톱히 처바른 날개 쭉 뻗는다 그러는 새 사내의 머리
카락 한올 바닥으로 내쳐지고 세포와 어울린 개체들
이 분열하고, 했고 붙어 있던 장치들 녹아 굳고 작
업 순서는 갈라진 틈에서 시작된다 시방서*의 지시도
자리도 박차고 날려는 의지 없는데 혀는 목 타고 항
문 밑으로 흘러내린다 사내는 눈꺼풀이 무거워 놀
란 흙 업는다 오후의 그림자 아가리를 벌려 꾸역꾸
역 들어간다 물방울 하나가 떨어질 새 조심조심 자랐
다 근육 실타래 풀린다 벗꽃잎 떨어진다, 떨어졌고
찰나에 긁적긁적 내 몸 새 로 돋 아　　난　　　다

* 시방서는 설계도를 보충하는 설명서다. 건축기사 김해경은 현장
　반장에게 당부하고 싶은 말이 있으면 종종 **암호 같은 글귀**를 적
　어놓았다.

50

단꼬 케이크

　사내가 만든 단꼬 케이크, 반생이를 엮어서 렝가를 쌓고
다시 쌓고 아까렝가를 쌓는다 공사판을 돌아 돌고 하꼬방에
낡은 밑창 던졌네 공구가방 속 구름이나 처 ── 바라보고 있
자니 배불뚝이 망치가 도망갔어 앞니 빠진 현치자 흙 파먹
고 줄자는 개구멍에서 줄을 매고 호주머니에 알갱이 돌멩이
걸러내고 쇳가루 찌꺼기 꼬질꼬질한 손 수첩에 끄적이는데
부스러기만 떨어져 허허 허허 시멘트 휘젓고 비릿한 모래로
바닥 다져 단 쌓았는데 입천장에는 닿아보지도 못했네 손톱
밑 꺼뭇한 밀가루만 피었어 케이크 쌓겠다고 찾아온 너희들
별 볼 일 없다는 너희들 그늘 밑 앉아 있던 점잖은 분이 다가
와 한입 베어 먹어도 입 다물고 매질하는 너희들 조적공의
손은 새벽부터 분주한데 쌓다보니 출구까지 쌓았네 어쩌나
입구까지 쌓았어

* 단꼬 케이크는 쌀가루나 밀가루에 따뜻한 물을 부어 만든 반죽을
  삶거나 쪄서 만든 떡이다. 반생이는 굵은 철사다. 렝가는 모래 벽
  돌, 아까렝가는 붉은 벽돌. 건설표준어 사용 의무화로 많은 용어
  들이 순화되었다.

시체공시소

한 시절 이름을 가졌던 자들이 머물렀던 곳 찌든 추방의
냄새가 풍겨 비명은 공허해 허공에 맴돌 뿐 음습한 소독내
낡은 철제 침대 흰 벽으로 그*자를 묶었지 손 좀 내밀어주오
불러도 누운 자는 신원미상 일어나질 않아 길 위의 생활자
는 짙은 그림자 속 내계의 삶이라

* 무서워서 피했겠냐 더러워서 피했겠냐
눈총을 겨누며 일발 장전 표적 앞으로(표적 앞으로) 돌격 자세
(돌격 자세) 땀에 전 옷에서는 오래 묵힌 독거가 한 사내를 노략
질했어
진통제 한모금 두모금 털어 넣고 수면제 한모금 깨물고 한모금
으깨며 다시 한모금 한모금 차곡차곡 박아 넣던 날들은 흘러가
어여 가 먼저 가 아무쪼록 잘 지내
몸을 누이고 눕히고 돌아누워 고개를 돌리면 노려보는 외눈박이
전등 천장에 매달려 깜빡거려 벌레냐고 물어봤어 어디 사냐 물
으면 사방천지에 득실거린다
가득 찬 절망 만개한 고통 평계는 누구에게나 있어서 몸을 씻기
면 신물 싸지르고 굳은 관절 꺾으면 구역질하고 한줌 김은 모락
모락 피어올라 바닥엔 체액이 흥건한걸 가죽 냄새 털 냄새 약 냄

52

새 수액 냄새 썩은 이빨 냄새 락스 냄새 땟국물 냄새 우울한 냄새
누추한 냄새 그러다 사과 껍질 묵힌 냄새 불안한 냄새 추악한 냄
새 오장 냄새 녹슨 철 냄새 찌르는 냄새가 끈적하잖아
철제 침대에 웅크리고 응시하는 눈 흐리멍덩한 눈 흔들거리는
눈 외눈박이 눈 망각 기계를 작동하는 알람 같아서
띠디딕띠디딕 뒤틀려 녹슨 쇠파이프 철제 침대를 이리저리 옮기
고 뒤집고 찌그덕찌그덕 흔들고
벽을 두드리네 때리고 울부짖네 피투성이 손톱 긁어내는 얼룩
쓰리고 아린 고름 딱지 목이 터져라 질러도 고통은 사라지지 않
아 불행과 패배 마구마구 휘갈긴 그늘진 흉터
적갈색 안전등 아래서 실룩거릴 뿐이라 수직으로 뛰어오르고 방
방 기고 나가게 해달라 악을 쓰지만 들리는 신음 차가운 입김 쩍
벌어진 입에서 옹알거릴 뿐이라

미안한 노동

흙가마 앞에서 차례를 기다리는
불쏘시개로서
한낮의 대기를 극복하기 위해 스스로를 불사르고 활활 타
올랐던 사람들 새까맣게 타버린 몸을 이끌고 복도를 걷습
니다
호이스트 승강기 안에서 화강석을 들고 있는 당신을 생각
합니다
21층으로 아니면 더 높이 올라가는
덜컹덜컹 무심하게 올라가는 동안 오로지 당신이 들어갈
곳의 크기와 오차 치수만을 고민하는
당신의 몸이 적당한 크기로 절단되고 무탈하게 놓이기만
을 바랄지도 모르겠습니다

후끈한 열기가 응어리져 있습니다
나이지리아 사람 몽고 사람 때로는 동양 라이트급 챔피언
으로 무리 지어
어두컴컴한 모텔 복도를 이리저리 걷습니다 당신들은 타
월을 충분히 달라는 요구도 시원한 물이 냉장고에 준비되어
있는지도 쉽사리 입을 떼지 못합니다

세워지는 모든 존재들은 당신들의 두 손에서 체결되는데

당신들이 머무는 객실은 축축하고 마르지 않는 속옷과 수건들로 가득합니다 누구의 것인지도 모른 채 쓸어내고 훔쳐도 솟아나는 돌가루와 체취만이 방 가득 흐트러져 있습니다

눅눅한 바닥은 눅눅함으로 널브러짐은 널브러짐으로

노동자가 머물고 있는 객실은 여전히 구겨지고 흐트러져 있어서 당신들이 떠나는 그날까지 나는 당신들이 묵고 있는 객실의 청소를 마치지 못할 것 같습니다 끝내지 못한 나의 노동은 당신들이 짊어지고 나르는 화강석보다 가볍다 생각들고 당신 수첩에 끄적인 인력사무소 목록 한줄에도 미치지 못할 것 같습니다

수건과 생수 필요하시면 테이블 위 인터폰 0번 눌러주세요 객실에서 빨래는 가급적 삼가주시고요 수건의 얼룩 물어보니, 시멘트 물이라네요 지워지지 않아서 버려야 할 것 같습니다 현장 나갈 때 가지고 나가지 말아주세요 용품 관리 못한다고 모텔 사장님에게 한 소리 들었습니다

장소 특정적

앉게나, 어떻게 알고 찾아왔나? 천국? 그곳에? 내가 올렸나보군, 비슷한 일을 해본 적이 있나? 직접 보니 어때? 여기저기서 봤을 거 아닌가? 예전만큼 심사도 까다롭지 않아, 이곳도 서비스라 생각하는 사람들이 부쩍 늘어서 말이야, 불만이 없을 거 같지? 생각보다 많아, 워낙 자기 목소리들이 강해서 가끔 통제가 안 될 때도 있어, 극히 드물지만 자네가 신경 쓸 일은 아니야, 무슨 말을 했더라, 지하에서 일했다 했나? 그곳에서 차량이 말썽을 일으키면 어떻게 대처하지? 장기간 방치된 차량이라든가, 번호판이 없는 무연고 차량이라든가, 그래, 자살? 차 안에서? 자네는 이 모든 걸 어떻게 파악하나? 주차장이 차량을 위한 곳이라면 말이야 이곳은… 내 말뜻 알겠지? 출구가 막혀서 나가지 못하거나 요금이 많이 나온 것 같다거나… 화를 낸다고? 가져온 이력서를 보니 많이도 돌아다녔군, 더이상 묻지는 않겠네, 떠나고 싶어지면 미리 말해주게, 이쪽은 회전율이 빨라, 일은 언제부터 할수 있나? 오늘부터 가능한가? 사무실 들어올 때 봤지? 복도를 걷는 사람들 있잖은가, 주차된 자동차라고 생각하면 이일도 어렵지 않을 거야, 시동을 걸고 출구를 찾아나가면 우리의 일은 끝이야, 가끔 운전이 미숙한 사람이 헤매기도 하는데, 어찌 되었든 출구를 찾더란 말이지, 못 찾는 경우가 훨씬 많지만, 우리는 쓰레기통이나 비워주고 출구 앞에서 요금이나 잘 정산해주면 되는 걸세, 차주가 나타나질 않아서 방치된 차량 있잖은가, 뽀얀 먼지를 뒤집어쓴 차량 말일세, 승용차도 아니고 대형 화물차는 더더욱 아닌 적당히 낡은 소형 화물차, 바퀴엔 흙도 제법 묻었고, 그쪽 말로 표현하자면, 운전자가 나타났다고 해야 하나? 행색이나 말투로 봐서는 걸걸한 말투 있잖은가, 밖에서 잡일이나 하는 그런 사람, 수년 동안 방치된 차량들 중에 하나 말일세, 제너레이터 모터가 몇번인가 끽 — 끽 — 지르더니 시동이 걸릴 만한 그런, 운전자는 먼지 낀 유리창을 바라보면서 심정이 어떠했을까? 상상이 가나? 왜 지금 나타났는지 이유도 묻지 않는다네, 서비스라 말하지 않았나, 주차장을 다시 찾을 고객이라고 생각해보게, 사람들이 출구를 찾기 전까지 병동 관리만 해주면 할 일을 다한 거나 다름없네, 급여는 매달 5일, 재단이 단단해서 월급 떼일 걱정은 하지 말게, 광명쇼핑센터만큼 언제나 만차니까, 더 궁금한 게 있나? 중요한 걸 잊을 뻔했는데, 내가 천국에는 뭐라고 했나?

오무아무아[*]

나는 진짜루를 찾았고 선호형은 당산동 면사무소에 있었습니다 형을 보러 갔지만 칠분 늦게 도착한 그곳은 폐업을 했고 우당탕 신장개업합니다 한차례 폭풍이 휘몰아친 짜장면 그릇에 단무지 하나가 떨어지고 있습니다 두개의 엇갈린 젓가락 사이로 요즘 어떻게 지내고 있는지 안부가 오고 갑니다 이른 아침부터 일산으로 향한다는 선호형에게 나는 지금 시작한 일이 늦은 밤이 되어서도 끝나지 않는다고 답합니다

사람 찾고 있는데 너가 갈래? 요즘 시를 공부하고 있어서 시간이 될지 모르겠어요, 장난하지 말고, 장난이 아니고 도박이에요, 도박? 네 도박, 모 아니면 도예요, 못 먹어도 고지요, 뭔 소리야 그쪽 사장님께 연락처 넘긴다 연락 오면 꼭 한다고 해, 형 저 진짜루요, 야! 시고 나발이고 좋다만 문자 보낼 때 오타 확인하고 보내라 다 큰 새끼가 없어 보인다

형, 나는 다른 세계에 살았었나봐요 또다른 지구가 존재한다고 선호형에게 문자를 보냈습니다 나는 공원 의자에 앉아 정오를 쌓고 있습니다 행여 무너질 것 같은 하늘에 이른 저녁을 쌓고 무너질 것 같은 마음에 막걸리를 골고루 뿌립니다 반짝이는 인공위성을 넣어볼까 고민도 해봅니다 견고

한 밤이 올 때를 기다리지만 단단한 밤은 영영 찾아올 것 같지 않습니다 비행 궤적이 구름으로 은신하고 있습니다 흩어지는 궤적이 사부작 사부작 그리고 그리고 은밀히 은밀히 하늘을 파헤치고 있습니다

* 2017년 10월 관측된 혜성. 내부에서 분출되는 가스로 예상 궤도를 벗어난 항로로 가고 있다. 다른 외계에서 넘어온 혜성이라는 점에서 천문학자들은 **흥미롭게** 지켜보고 있다. 하와이 원주민 언어로 '먼 데서 온 첫 메신저'.

조경(造景)

소나무는 크레인에 매달려 한 분재 합니다 훈련 가니께
깔깔이 잘 묶어서 보내라 우죽도 잘 싸매고 촛대 상하지 않
게 작상가 잘 나오게 해여지 목대가 좋단 말이다 이만하면
밥도 잘 챙겨 묵었겄다 '간단하게 먹고 나왔습니다' 나무 말
이여, 하늘 본다고 답이 나오겄냐 흙을 봐야지 어림도 없지
대갈통 꼭대기 보이지 않도록 혀라 돌을 담거나 윗바니 아
랫바니 까라면 언능 해여지 나무 기죽겄다 움직일 때는 목
도 축이고 '저는 마셨습니다' 나무 말이여, 밑둥 가벼워 선
충(線蟲) 자라겄다 장딴지 벌어지겄네 날개가지 꺾이겄다
'나무 말인가요?' 니 말이여, 토악질 거듭하던 고무호스 물
줄기를 뱉어낸다 뻗지 못한 가지들 솟구치는 공원에서 참말
조심히도 들이댄다 전정이가 흙을 보면 쓰겄냐 하늘을 봐야
지 삭정이도 틀어막고 해여지 바람 돌지 않겄냐 자라게는
해여지 '누구 말인가요?' 전화기 붙들면 밥이 나온다냐 가
지 치란 말이여 그래 자라겄냐

어린 알코올중독자의 고백

신부님 옆에서 시중 들었죠. 그분의 살과 피라며 쳐드는데 왜 궁금하지 않았겠어요? 일주일이고 한달이고 옆에서 꾸벅거렸어요. 너무 졸려서 살덩이고 핏물이고 더이상 궁금하지도 않아. 살이라며 한조각 입속에 넣어주더군요. 싱거운 건 둘째 치고 삼키려면 입천장에 달라붙어선 온종일 혀를 굴려 긁어내야만 했어요. 살이라면 넙죽넙죽 받아먹는 사람들이 이해가 안 갔어요. 그분의 피는 어땠을까? 촛불이 꺼지면 영혼들은 긴 의자 사이를 헤매었죠. 제단 귀퉁이 작은 방으로 흘러 들어간 영혼이 있었어요. 선종하신, 오래전 추기경님 시중을 들어야 했어요. 매일 한 입술 적셨다면 그날은 한모금 두모금 마셨지요. 견진성사 직전에 친구 녀석과 나의 머리에 손을 얹고는 잠시 동안 눈을 감고 묵상하셨지요. 말이라도 걸면 어쩌나 싶어서 알람시계 타이머 째깍거리는 가슴을 부여잡고 입술을 꽉 깨물었답니다. 눈물 찔끔 오금이 저린다는 말. 마트에서 마주앙 화이트를 마주하면 심장이 빠르게 뛰는걸요. 제가 알코올중독자인 걸 그때 알았어야 했는데. 바가지에 싹은 그때 트고 있었나봐요.

말풍선

한숨 들어찬 비닐봉지 붙잡은 투박한 손, 꽉 쥐고 붙잡는데, 미련스럽게 후 불면 다시 후, 스미는 것은 침이냐 얄량한 기운이다 얄팍한 기약이냐 미련이다 욕망이냐 불안이다 증오냐 체념이다 나불거릴 수 있는 거다 혀를 놀리는 잠꼬대냐 두 눈 부릅뜬 생시다 불면 불어서 밑구녕부터 불어오는 비린 바람이다 어쩐지 구린내가 진동하더라니 거세된 짐승의 신음이다 어쩌냐 터지면 어째 떠도는 말귀에 기죽는 것아, 그래 나는, 쪽팔렸다 쪽팔린 줄은 알았냐? 코 처박고 죽고 싶다 훌하고 짝 훌짝거리는 회전판은 빙글빙글 돌고 있다 내가 보고자 했던 것은, 적과 흑 믿고자 했던 것도 적과 흑 내가 선택한 것은, 돈다 흑흑 적적 섞인다 싸운다 우왕좌왕 갈피 사이로 훅 갔다 이것이냐 저것이냐 개털 되고 싶냐 닐리리 하고 니나노 하고 패는 돌아가는데 발버둥을 쳐봤자 호구다 나는, 죽어라 물고 불고 비닐봉지는 부푼다 올랐다 내려갔다 들쑥날쑥 쫄깃하다 푸석푸석 비닐 속 돌고 섞이는 것이다 얼마나 불었으면 턱주가리가 얼얼하다 죽상이냐 머리가 핑 돈다 찡그리냐 이리도 짓누르는 것이냐 비닐봉지 불고 있는 나를, 누르는 거대한 말풍선 하나 그것이 펑 — 하고 터질 때 순간 눈을 감았노라 침을 뱉었노라 실컷 비웃

든지 말든지 조롱하든지 말든지 나는, 눈시울이 따끔거릴
뿐이니까 한칸 방에 널브러져 물고 불고 있는 나는, 결국 비
닐봉지 하나를 물고 깨물고 불고 불고 있는 것이다 나를 모
조리 까발리겠노라 부풀고 있는 것이다 나는, 한칸 방에 집
을 짓고 집 속 방 한칸이 전부라 깊이 기어가 숨이 찬다 쫄보
잡놈이로소이다 나는, 무릎 사이 겨드랑이 사이 끈끈이 돼
지풀 흐르는 미끈한 것이, 끈적한 것이

해조류며 깨진 부표며 소금절임 뿌리며
해안가 폭풍은 샛길로 돌아서네

우럭 대가리 칼등으로 후려치네 빨랫줄에 걸린 집게 부들부들 떨다 위로 솟고 내장 부속 시뻘건 찌꺼기 던져진다 내처지는 게 맞겠지 반짝이는 비늘같이 검푸른 파도가 새하얗게 끌고 가는구나 해변을 걷다가도 내 몸뚱이 잡아끌고 그리될 수 있겠구나 그러다 외딴곳에 나를 게워내면 파도가 씹는 몸뚱이 바다 위에 찌꺼기 미역 이끼 둥둥 떠서 날 잡아봐요 그렇게 자폭해버린 화약 껍데기 처박혀 날 한번만 보라 하고 텅 빈 샤워장 말라버린 비누 곰팡이 젖어 흐르네 하와이나이트 전단지 한장 퇴물 가수 창백한 얼굴 마이크 잡고 불고 울고 앞서가는 파도는 파도를 삼키다가 뱉어내네 모래를 씹다가도 뱉어내고 철썩하고 터진 아구창 돌아가도 일어서네 철썩하고 귓방맹이 후려갈겨도 일어서는구나 파도는 새하얗게 되새김질하네 공중부양 모래 알갱이 마지막 한방울의 수분까지 파도는 파도를 앗아가야 후련하겠지 철지난 피서지 취객의 토사물이 굳어가는 모래밭은 어찌할 수 없구나 내 몸뚱이 잡아끌고 그리되면 외딴곳에 나를 게워내면 퉁퉁 불어 뭉그러졌으면 나는 그리 사라지겠지 비틀비틀 삼선 슬리퍼 끌고 해안가 연무 속을 걷고 있네

제작 기법

떠도는 부유물들. 소금 바람에 지쳐 있어. 비좁은 대기실의 소음과 비린 풍경을 간직한 채. 나무들은 야적장에 누워 있다. 쉼일까 죽음일까. 누워서 하늘을 볼 수 있다는 건 축복일까 불행일까. 수많은 네가 존재했고. 수많은 너는 너로 인해 잠을 이루질 못하고. 별의 궤적은 나이테만큼 쌓여만 간다. 너는 한밤에 떠밀려온 거다. 송진을 흘리면. 베개가 젖는다. 달이 물든다.

대패를 켠 사내가 다가온다. 면을 다듬을 거야. 조심스럽게 먹줄을 친다. 이빨이 물리도록. 못대가리가 흉하지 않기를. 두드리기. 잘라내기. 모서리를 마주하기. 굴곡을 잡아내기. 이음새를 메꾸기. 뜯어내기. 반복하기. 무심한 듯 바라보기. 껍데기를 걷어낸다. 사방 흰색으로 더럽혀진 공간에 아치를 세울 거란다. 거칠고 투박한 손은 형태를 갖춘다. 블루문.

뿔을 찍어 내린 한낮은 징그러워. 목을 쳐든 사슴은 너의 냄새를 맡고 있다. 지상에서 한뼘 더 올라간 콧등으로 너를 채집할 수 있을까? 멀어졌다 사라진다. 그리 느껴진다. 불안에 떠는 눈은 파랑. 얇은 혀는 선분홍. 어디로 가라는 거니.

알려줄 거니? 사슴의 눈망울을 본 적 있다. 사라진 나무를 생각해봐. 미련을 움켜쥐고 놓아주지 않았다. 뿔의 시간을 이겨낼 수 있을까? 네가 사라진 숲은 눈물 한방울 흘리지 못했다. 사슴은 숲속으로 뛰어간다. 대기를 핥는 혀. 하늘을 향해 초록과 파랑과 더 높은 곳을 고민한다. 흐르는 공기는 먼 발치 밑으로 흘러 길 안내를 마다하지 않는다. 숲은 뿔의 시간을 극복하려 한다. 텅 빈 공간에 불로문 블루문. 텅 빈 공간에 블루문 불로문. 사슴이 들어가고 있어.

*

그는 경북궁역에 설치되어 있는 복제된 불로문을 우연히 보았다. '영생'이라든가 '영원'이라는 단어가 초월적인 존재 이상의 감각을 담고 있다는 걸 알아서일까? 자기 몸의 이상 증세를 느껴본 사람이라면, 생체 기능이 점점 저하된다는 걸 느껴서일까? 기회가 된다면 마지막 작업으로서 경복궁역 불로문을 사용하기로 마음먹은 거다. 지하철역 안에 존재한다는 게 다소 엉뚱하다 생각했는데, 또 많은 사람들은 이 불로문을 아무 의심 없이 지나가잖아,라고. 지나갈수록 영생이 더해진다는데. 사실 많은 사람들은 알고 있었는 지 몰라. 은근히 기대하면서 불로문을 지나가고 있었던 거 지. 이번엔 어떤 재료를 사용해서 복제된 불로문을 내 나름 대로 복제해볼까 고민하는데 ─ 원본을 본 적도 없고 찾아 보려고 노력도 안 했어 원본이 꼭 필요한가? ─ 합판의 겹 쳐진 층을 보면서 나이테니 시간이니 하는 문제들이 고스 란히 따라오잖아. 합판의 주원료인 나무가 존재했었던 장소 까지 말이야. 완성하는 단계에서 마지막 장난이 발동한 거 야. 불로문을 블루문으로 고쳐 써야겠다,라고. 영생도 좋지 만 잠시 동안 다른 세계가 열린다거나, 다른 차원으로 이동 할 수도 있고, 갑자기 미지의 현상이 생겨 여러가지 문제들 이 생겨날지 알 수 없는 거잖아. 고전에서 말하는 달의 신비 와 지하철역 안의 불로문이라는 조합이 그에게는 단순한 문 제가 아니었던 거지. 불로문 블루문. 블루문 불로문.

밤섬

한밤은 전철을 떠밀고 보일 듯 숙일 듯 반수면에 떠밀린 사람들 펼친 손바닥 무릎을 살포시 감싼다 묵례를 하면 삼례로 답하는 사람들 잠든 섬으로 출근하고 있어 창밖 먼 곳을 바라보고 있어 잔물결은 오리배 하나 떠밀고 있어 물결은 우레탄 롤러빨 미끄러지듯 떠밀려 방향조차 잊어라 페달은 잠겨라 기우뚱인 듯 갸우뚱인 듯 고개를 숙일 수도 없어서 이기지도 못해서 참 못났다 잔물결이 잔물결은 서강대교를 떠밀지만 미동조차 없더라 안 하더라 잔물결은 어둠 뒤로 갈라지더라 흐르는 듯 아닌 듯 술렁이다 일렁이는 오리배 하나 콘크리트 부스러기 폐비닐 장판 봉투를 채우더라 어두운 밤을 한밤으로 채울 때만큼 허기질 때가 없더라 둥둥 떠다니는 스티로폼 퉁퉁 불어 허우적거리더만 끊어지는데 끊어지는 게 아니더라 넘실넘실 가르더만 걸리더라 구멍 숭숭 물장구 구정물을 토하더라 유람선에 묶여 있는 오리배들 속삭이듯 떠밀더라 모두가 떠밀리다 부둥켜 속삭이더만 잔물결에 잠물결은 잔물결을 잠물결이 속삭이더라 떠밀더라 밀치더라 쪼개진 합판 벌벌 떨고 있더니 강물을 핥더만 빈 섬 찾아 눕더니 눕는 게 아니더라 기우뚱 오리배 하나 눈 한짝 깨진 줄 모르다 철철 흘러가다 밤섬에 눕더만 잠

68

긴 듯 아닌 듯 흐르는 듯 강바람 쪼개진 틈새로 매섭게 들
이치더만 온몸 울리더니 진동하더라 요동치더니 거세지더
라 부르르 떨더라만 잔물결이 잔물결은 퍼지더라 섬으로 향
하는 사람들은 먼 곳을 보는데 보는 게 아니더라 당산행 마
지막 전철 고단한 얼굴들 비추더니 그만 스치더라 속삭이
듯 흐르는 듯 흐르는 전철 흐르는 밤섬에 잔물결이 잔물결이
잔물결이 잔물결은 잔물결은 잔물결은 잔물결은 잔물결에
잔물결에 잔물결에 잔물결에 잔물결이 잔물결이 잔물결이
잔물결이 잔물결이 잔물결이 잔물결이 잔물결이 잔물결은
잔물결은 잔물결은 잔물결은 잔물결은 잔물결은 잔물결은
잔물결은 잔물결은 잔물결이 잔물결을 잔물결에 잔물결이
물결이 물결이 물결이 물결이 물결이 물 결이
물 결   이 물   결   이   물결

굽은 등

사내는 대자로 벌러덩 눕는 거다. 그렁그렁한 눈을 보여
주고 싶지 않은 거다. 맨홀 뚜껑을 온몸으로 누르는 거다. 지
켜보는 사람들*에게서 은신하는 거다. 비웃어도 좋다. 비겁
한 놈은 핑계가 많아서 죽지 못하니까. 한가닥 끊어질 듯 끊
어질 듯 팽팽한 핑계를 꽉 쥐고 있는 거다.

＊ 붉은색 대형 다라이를 옮기던 팔, 다리 떨리고 군청색 장화 벗어
던지고 손가락 절삭기에 잘리고 토막 난 손가락 물고 있던 입안
가득 고인 침 삼키고 안산 고대병원 실려 가고 접합했던 의사 회
진 돌고 저린 고통 한숨 뱉어내고 보험회사 찾아와 연결 부위 빨
고 자빠졌네 구급대원 헬멧 돌아가고 노무사 명함 접합된 손가락
실밥 사이에 끼워 맞추네 세척된 오이 냉장고로 들어가고 바구니
를 받치던 바퀴 굴러가고 일하는 사람들 자, 하나! 둘! 셋! 모든 수
레 손잡이 잡아야 하네 세척된 오이에 가래침을 뱉었다고 떠돌고
그리했다는 사람 입원하고 전달한 사람 퇴근하고 떠도는 말 주워
담아 총무 외근 나갑니다 원부동을 떠나네 월급이 나가고 통장 잔
고 털리고 늦은 밤 성난 얼굴 잔뜩 감은 붕대 풀고 앞치마에 묻어
있던 담뱃재 떨어지고 노란색 고무장갑에 꽁초 씻기고 마스크에
붙어 있던 코털 하나 낙하하네 초산에 물을 대주던 연녹색 고무호
스 창고에 걸어두네 피클통 나르는 트럭 배송 알림 경적 울리고
주먹다짐 오주임 멸균실을 나가네 회의실을 잠그네 두번째 세척
된 오이 오염된 거 아니냐 숙성실을 나가고 희석된 초산이 오이를
재우네 온갖 찌꺼기 걸러지고 거름망 떠나간 사람들 입 닫은 사람
들 텅 빈 창고 종이상자에 고이 담아 기숙사를 떠나네.

71

굴러온

개찰구 나섭니다 경유 냄새 눅눅해서 바다는 안중에도 없고요 인중에도 없고요 낯짝들 행여 스칠까 마주치면 한대 치려나 알아볼 수나 있겠습니까? 십년도 지난 일인데, 짐 가방은 걸음에 맞춰 이 어깨 저 어깨 넘나들고요 승강장 올라설 때, 간물 때, 기억으로 조상님 찾아뵌다는 것은 엄두도 못 내고요 엄살 아니고요 택시기사 운전석 거울로 그 사람 힐끗거리고요 그을린 검버섯 짙어져서 모자 꾸욱 눌러쓰지요 꼬질꼬질 가방까지 닳아서 생긴 거 억울하다고요? 보이기나 할까요? 시흥 밭 구석 가구 공장에서 본드 냄새 오지게 맡았으면 취하든 간에 과하면 고삐도 풀린답니다 택시는 굴다리 통과하고요 신시가지 지나가요 멀리 저기 그곳으로 가고 있는데요 그래봐야 깡통 아파트 텅 빈 상자 건물 차창 밖으로 휙 ― 휙 던져지고요 휙 ― 건설 중이고 또 휙 ― 철거되고요 퇴거명령 담벼락에 낙서 중이고요 시흥 사장 그놈 울어도 죽어도 망했다 끝났다 해도 해도 내치는 날까지 갑질 오지게 밉상입니다 그 밑에서 일하던 사람들 빙신맨치로 나자빠졌어요 그 사람 비빌 곳 찾다가 지금 여기 내려왔네요 공원 해변은 이제 붉은색 파란색 더 짙은 색깔들 밤을 모셔오네요 어부들 밤바다 나가는 길목에서 돌아와요 아무거

72

나 잡아타야지요 생선 내장 발라서 장이라도 담가야지요 줄
줄이 오징어 등불 검은 바다에 흰 점 흰 점 꾹꾹 눌러 박아야
지요 구름은 먹먹하니 비라도 쏟아질 것 같고요 그래서 해
풍 맞는 나무들도 여간 심란하지 않고요 그런데 기사님, 저
기 저 바위 조금씩 자라고 있는 건가요? 그 사람 닫힌 입 열
었는데 여전히 뵈는 것이 없나봐요 어디서 굴러온

홀로 코스트코 홀세일

모든 색은 검은색이었어 아니, 우윳빛이야 기계를 돌리는 빛은 언제나 우윳빛인데 미끈거려 끈적거리면 기계는 잘도 돌아가 벨트에 얽매인 사슬선, 따끔거리다 차가워, 단호한 외침 나는 매일같이 컨베이어의 지시를 받는다 질질 끌려갈 수밖에 없어 벨소리가 울릴 때, 누군가 사라진다 마른침을 삼켰을지 몰라, 고꾸라지면서… 검은 즙을 짜내고 있잖아 피로 가득했는데 우윳빛이었어 홀 — 세일 홀 — 세일 저 소리가 들려? 컨베이어는 멈춘 적이 없어 순종과 침묵, 피고름보다 진득한 흑빛, 잔인한 눈빛 네 바퀴 밀차에 녹슨 부품들이 쌓여만 가는데 나는 묶여 있고 살아 있고 켜켜이 쌓이다 지친 먼지들이 떠돌다 사라지고 있어 시작을 알리는 방송도 중얼거렸고 끝을 알리는 방송도 중얼거렸어 날개 끝에 먼지 실밥 돌고 있는 환풍기 작업장의 선풍기 돌고, 빙빙 둘러대는 소리가 창고를 채우고 있어 주임은 빙빙 둘러대는 소리뿐이야

푸드마켓[*]

마켓에서 물건들을 챙겼어, 이번 달도 신세 좀 지겠습니다, 인사를 해야 했는데, 무겁게 살기로 했던 터라 머뭇거렸지, 주민센터에서는 가볍게 살지 말래, 어젯밤에 나는 왜 그랬을까 윗방에는 누가 살더라, 푸드마켓은 한달에 한번 갈 수 있어서, 그날이 다가올수록 필요한 물건들을 고쳐 쓰는 시간이 많아져, 지우고 쓰고, 어제는 라면과 설탕 고추장이 필요했어, 쓰고 지우고, 소금 한봉지와 국수 두루마리 휴지가 필요하다 적었지, 아니지 스파게티와 진공포장 미트볼 간장이 필요했었나봐, 지금 간절히 원한 건 뭐였더라? 나는 양초가 필요했지, 나는 식염수를 원했고 소독된 거즈가 필요했어, 나는 본드와 시너와 소량의 알코올이 필요했었지, 더 필요한 건? 가볍게 살아가는 사람들을 마주치면, 진열장에 토막 난 꽁치와 고등어에게 평화를, 마켓을 방문하는 모든 이에게, 인류애가 넘친다 그치? 황도는 맛있니? 레토르트 카레는? 나는 무엇을 골라야 할지 도통 모르겠어서 몇번이나 선회하는 사람들에게 평화를 평화를 형제님 자매님 평화를 하고 돌아다닌다, 형광등 아래 진열장 안에 누군가 몹시도 매만진 포장지, 지문 가득 묻은 것들은 푸른빛으로 평등하고 거룩하단다, 누가 그래? 계륵이겠지, 쌓여 있는 쌀

포대와 여섯개 묶음 화장지가 그렇고 칫솔 한개와 일 리터의 간장이 그렇고 소금 한봉지와 나의 손금과, 진열대 앞에서, 한때 나는 사리사욕을 채웠어, 절대로 가볍게 살지 말자 했거늘, 구정물에 떠 있는 슬리퍼가, 어제는 감청색이었나 오늘은 분홍색이었나, 손대는 물건마다 마주하는 사람마다 망가지고 다치는 걸 애써 외 면 한 다, 둘러보면 형체를 알아볼 수 없잖아, 나는 늘 웃고 있었어, 우습지? 가로수서 떨어지는 은행 열매를 생각해봐, 고약하고 심술맞고, 내상이건 외상이건 기억에서 사라지지 않 는 거 야, 수색에서 쌍굴까지 걸었던 밤, 요즘 일이 부쩍 많았는데, 나는 울컥하고 마음을 다스리지 못했어, 터널은 텅 비었고, 바람은 저만치 흘러가고, 타는 마음, 터럭터럭 타올라, 터널은 자꾸만 길게 휘어져, 흐느낌은 끝으로 늘어진다, 작디작은 회오리가 빙글빙글, 바닥에서 회전하는 잎사귀들 부러진 잔가지들, 휩쓸린다, 나는 무엇을 보고 있었나, 무엇이 존재하고 있었나, 진열장에 쌓여 있는 물건들을 고르다가 혹시라도 내가 먼저 집어버리면? 지문이 묻어버리면? 누군가는 기분이 언짢고, 어떤 녀석이 쪼물딱거린 거야? 제길, 이렇게 말할 수도 있잖아, 진열장 사이를 돌면서 어떤 물건들이 나에게 필요한지

고민 고민하다 고르면, 먼발치 누군가는 에이 씨발 놓쳤네, 한쪽 발을 질질 끌다 빙 돌면 제자리, 푸드마켓에서 나는 무엇을 들고 나왔나? 주민센터는 가볍게 살지 말라 했거늘, 나는 혼자서 가자 했는데, 한평 남짓 방에 누우면 천장 윗방에 누군가는 영영 떠나버려서, 벽 너머 옆방에서는 무엇이 들렸나? 작디작은 창문에는 무엇이 보였나? 달 밤 도, 진창 속 밑창 같은 생이여 활이여, 가볍게 살지 말자 했거늘, 내뱉는 말조차 가벼워 한없이 가벼워 중얼거리다, 흩 어 집 니 다, 내 탓 입 니 까? 누구를 원망하겠습니까, 양초를 꺼내 든 밤 타오르는 촛불은 누군가의 입김에도 흔들린답니다

* 푸드마켓 이용 안내[Web발신] 안녕하십니까. 마포행복나눔푸드마켓 2호점입니다. 코로나19로 인한 사회적 거리두기가 단계 하향됨에 따라 정상 운영합니다. 현재 물품 재고가 부족하여 이번 달 물품만 지급하게 되었습니다. 미운영에 의한 부족분은 추후 챙겨드릴 것입니다. 휴관으로 인하여 부족된 부분들이 많으니 금일 이후 방문 부탁드립니다.

나는 굶는다

침 삼켜 참아보기로 했다 퍼런 입술 제멋대로 풀릴 때까지 땀 흘려 버텨보겠노라 떨린다 내 의지를 쥐고 흔든다 지금, 슬금슬금 기어올라 목말 태울 수밖에 없는 등 뒤 아귀 올라타 속삭인다 뭐든지 쑤셔 넣어줄게 가득 채워줄게 너를 채워줄게 아귀의 뻣센 팔 내 아랫배 똥주머니를 움켜쥐고 비튼다 조져라 처먹어라 뜯어 먹어라 쳐 맞을 놈이니 나는 쳐 죽일 놈이니 벅벅 긁어내 들짐승에게 던져버리겠노라 텅 빈 머리 딴따라 두드리는 두들기는 두들겨 패는 삽으로 내동댕이쳐야겠다 후회가 들려와 굴러와 나의 머릿속 고소한 소보로빵 하나가 구워지는 것이다 푹신푹신 초코빵 하나가 절실한 것이다 크림빵 버터 냄새가 내 구덩이 내 엉덩이를 메꾸는 것이다 내 속을 뒤집는 것이다 미친 듯이 두드리는 것이다 걸신 들어차 엉거주춤 허리춤 허기져 눈깔 돌아간다 군침 돌아간다 해가 넘어간다 소가 넘어갔다 저 멀리 삼림 보름달 참 노랗다 네까짓 게 별수 있겠느냐만 침묵하기로 했다 이러다 마감되면 깜깜하겠지 그림자는 캄캄히 깊어지는구나 우울의 끝은 빛을 보고 싶어서 졸았나보다 불을 지폈나보다 연기를 들이마시고 싶었나보다 혼곤히 잠들고 싶었나보다 피가 녹고 끓고 살점 타들어가 드러난 뼈가,

뼈는 하얗고 더욱 하얗게 타올라 암전 암전 불면이 고독이 불안이 심장이 나를 집단구타한다 배를 걷어차고 주먹질 난타전이다 두번 세번 네번 다섯번 여섯번 줄기차게 이어진다 기똥차게 벌어진다 나란 놈은 밟아도 꿈틀거리지 못했다 나를 은폐하기 위해 조작하기 위해 희석시킨다 고프다 고프다 덜어내고 잘라내고 비우고 뽑아버리고 나를 삭둑 너를 삭둑 잘라야 한다 나를, 끊어버리고 싶다 나의 모가지를 댕강 세치 혀를 댕강 귀때기를 댕강 댕강 댕강 도망치고 싶다 도망가면 안 된다 도망가야 한다 너는 도망갈 수 없다 더이상 도망치지 않았으면 좋겠다 나의 나약함 내가 살아 있다는 사실의 가소로움과 노여움 이렇게 숨 쉬고만 있어도 어떻게 살아가야 할지 분노보다는 지금 몹시 짜증 남, 이렇게 등 뒤 바짝 들러붙어 끈덕지게 들러붙어 떨쳐낼 수 없는, 없어서 너를 버리기로 했다 나를 비우기로 했다

나는 걷는다

Jone Burdon, Jo Nesbo, Jones boro, Jone's bar, Jone bur,
부르짖던 밤, 솜털 된 마음으로 받아들이자, 한 사내가 트랙
을 돌고 있어서, 나는 반대로 걸어볼래, 흰 줄 위에 걸친 마
음 둘 마주칠래, 트랙에 부는 바람 사라지는 별 바람 녹슨 기
구 의자의 구멍 바람 맨홀 인공폭포 하수처리장의 바람 거
대한 쇠펌프 기계 바람 차가워 차가워 저항을 줄이자 바람
은, 움켜쥐면 짜부라지고 없어지는 것도 아니라 저항은, 무
엇이 되었든 흘렸다면 찾지 말자, 잃어버린 게 무엇이더라
운동장 깃털 터널 구름 솜털 공장 안 공장 검은콩 두유 두부
망원동 유수지 유리로 만든 것들 유리 용기 안에 담을 수 있
는, 늘 깨지는 마음들, 한 사람의 숨, 나를 아십니까? 빤히 쳐
다보면 답이 나옵디까, 걷는 마음 초승달같이 늘 행복하소
서, 걸어내자 개털 된 마음, 나에게 다가오는 누군가는 흰 줄
한줄 밤 새워 긋고, 작업복의 페인트, 얼룩얼룩 머리부터 발
끝까지 페인트, 나는 한줄 흰 줄 붙잡는 신호수, 깃발을 들고
천천히 걷자, 줄을 긋는 사내와 걷는 나의 정반합에 이르는,
돌고 도는 것을 믿으십니까? 이루는 밤 되소서, 줄 사이 마
음 둘, 언제쯤 만나겠습니까? 오늘 내일 오늘, 거친 발걸음
을 기록합니다, 트랙의 리듬, 펄펄 끓고 있는 염료 도료 불규

칙하고, 부글부글 끓고, 부단히 질척거리는 밤이군요, 걷는 리듬, 달 아래 한줄의 안내, 인내, 안도, 머리통들을 꾸역꾸역 채우고, 불면 밀고 불어 당기는, 걸어오는 자가 궁금하다는 것은, 두렵습니까? 저항이군요, 뛰지 말자, 걸으면 마주칩니다, 코앞이 시궁창이라, 허우적거리는, 버텨야 하는 마음 둘, 그 정도의 재주뿐이라, 추스릴 뿐이라, 한줄을 쫓아가보라, 걷는 자와 등진 자의 마음 둘, 트랙의 문제를 풀자

주택조합

우리는 행복합니다 주택조합 간부들 잔해 위에 현수막 걸고 있네 사다리 빈터 사이로 바람 빠진다 굴다리 만리재 로터리 육십계단 올라서니 쪽가위 쥐여주며 객공잡이라 부른다 용마루고개에서 진흙을 밟던 사람 재단판에서 늘어지게 잠자고 싶다 싶어지면 입속 알사탕 하나 박아 넣고 뻘건 눈 노루발 달그락거리고 페달에 맞춰 수면선 따라 드르륵 드르륵 박음질 나선다 단물 콧물 쪽쪽 빨린다 뽀얀 초크 재봉선 밟아제긴다 포개진 원단 밑실 얽힌다 미싱 페달 미쳐 날뛴다 초크 가루 가슴 꽉꽉 쌓인다 엉망진창 난리블루스 신공덕동 산 2번지가 그랬다 소매 밑단 단춧구멍 새는 빛에 이끌린다 객공들 둘러앉아 신경줄 너덜너덜 이어 붙인다 신신파스나 까먹으라지 허파 구멍 송송 꿰맨다 아까징끼나 발라먹으라지 마냥 웃어라 했던가 밀가루가 풀이라지 주둥이 그만 놀려라 신나라 까먹는다 죽 쒀서 개 준다 집어치워라 우습겠지 쉼표 없다 마침표 찍어내지 못한다 물음표 꺼내지도 마라 이겨내라 비벼보라 곡자 들고 노려본다 우리는 행복합니다 만세삼창 외친다 가봉 더미 헝겊 자루에 담는 당신 에리에 옷핀 꽂는 당신 날 선 바늘 머리통 긁적이는 당신 멀쩡한 손톱은 왜 빠지냐 물으면 당신 **말도말아요엊그제**

는원단독올라서밑구녕까지빠졌잖아요 당신 나프탈렌 깊게 배

어든 당신 외투 자락 나풀거린다 새 집 줄게 헌 집 달라 했

나 헌 신 하면 새 신 준다 했나 얼굴 맞잡고 살아보자 했는데

I WANT SOME MORE*라고 답하려고 한 건 아닌데 핑계

가 생계라 사람이 먼저라 약속하지 않았나 지키고 싶다 하

지 않았나 우리는 항복합니다라고 외치지 않았나 당신은

* 찰스 디킨스 『올리버 트위스트』에서 빌려 옴.

남구로

쏟아지는 빗줄기 면상 들어올릴 수 없어서 쪼다같이 하나같이 호주머니에 날름 하고 혓바닥 찔러 넣는다 집합금지 명령이 떨어진 거지 떨거지 쭉정이 모리배들 그저 야합이나 할 줄 아는 녀석들 끌어안고 뒷골목 새벽으로 흩어지다 조 아인력 영은식당으로 모이는 거다 와자지껄 들어찬 자리에도 구멍은 생겨나거늘 사람들은 솥단지 앉혀놓고 누구는 양고기를 부르고 누군가는 소고기를 불러 다 같이 어울리는 거다 향신료 얼큰하게 낯짝들 들큼하게 소주잔을 기울이면 알겠습니다요 알겠습니다요 꾸벅꾸벅 기우는 거다 눅눅한 명령서를 따르는 사람들이 지치면 빈 테이블에 소리도 지르는 거다 땀방울 뚝뚝 떨구다 지치면 창밖 빗소리는 더욱 커지는 거다 마시다 지치면 마냥 웃는 얼굴인 거다 벌건 국물 뜨거운 탕 후후 불면 하나같이 지치는 거다 식당 사장네 불러놓고 고려방도 싱겁다 소주는 물이다 빗물이라도 담은 거냐 서로를 받아치는 거다 어쩌라고요? 왜요? 뭐가요? 생긴 거 이래도 동포도 뭣도 아니고 싶은 거다 그딴 식으로 쳐다보지 말라는 거다 굵은 장대비에 면상들은 짓눌리는 거다 넋두리는 빈자리 나간 사람들에게나 던지시라 모여든 사람들이 하나같이 기울고 있는 거다 몰아치는 비가, 몹시도

허기져 후드득후드득 떨어지고 있는 거다 외치는 거다 여
기 고기 좀 많이 줘요 공치면 허기진다고 빗줄기에 묻히는
거다

남구로역

　구로동 2길 23번지 옵션 완비 명찰 달고 오늘의 일자릴 찾는다 찾는데 저건 똥인가 쏘아 올린 별이긴 한데 잡히질 않아요 3번 출구 쏟아지는 사람들인가 깜빡하고 켜지는 쪽문 센서등인데 꺼져버려 나의 밝은 비애라 말할까

　경계는 부수고 깨고 쓰러지는데 자리가 없대요 바닥은 아니라잖아 서 있지 말라잖아 거기 밀지 말라잖아 누구야 어깨 치지 말라잖아 기다리라잖아 반토막이라잖아 파버린다 동태눈깔 내리깔라잖아 노려보면 어쩔 건데* 찔러보면 어쩔 건데 옆에 그 옆에서 치밀어 오르기도 했다가 뭉근하게 파고들기도 했다가 길 건너 서성이는 신호등을 바라본다

　전단지를 길 건너 서성이는 입간판을 서성이는 공구들을 서성이는 잿빛 여인숙을 서성이는 배낭을 길 잃은 사람들을 길 찾는 사람들을 서성이는, 서성이는 삼팔씨들 서성이는 삼구씨들 서성이는 것들 죄다 어디로 가라는 거야 니미, 검었다가 노랬다가 반짝들 하고 자빠졌네

　'코아 작업 한명' 컴컴한 골목 전신주 주황색 가로등 아래서 벌벌 떨고 있지 말고 어서들 오세요 주목하세요 굳어버린 콘크리트에 구멍을 뚫는 작업은 노련한 숙련공의 몫입니다 형틀은 해보셨어? 어디 불편한 덴 없지? 해체공이 필요

하면 잡공도 상관없는데 그거 잡으려다 피똥 싸겠네 끼리끼리 훑어보지 맙시다 천박하다니까 그러니 제발 이곳에 묻히지도 마시고 그런 거 묻지도 마세요 나는, 이름이 없어요

* 그냥 말고 좋나 하면 각이 나온다 형태가 잡힌다 바닥은 다져지고 세워지고 천천히 여의도 쌍둥이 빌딩은 요즘 것들이랑 다르다 뚝딱하고 생겨난 게 아니다 쌓고 쌓이고 천천히 그러니 여러분 차근차근 밟으시라 꾸준하시라 건설직업학교 졸업 축사 열혈 칠순 현역 선배 졸업생이 그러더라 자세가 좋으면 다치지 않는다 아귀가 맞아떨어지면 소름 돋는다 놓치지 마라 힘이 들지 않는다 자세가 좋으면, 좋으면 콤팩터에 몸을 맡겨도 좋다 진동 롤러가 함께 움직이자 한다 기계는 뜨끈하다 곤조는 이럴 때 부리는 거다 그렇게 하면 된다 그냥 말고 필사적으로 파고들어야 한다 두 눈을 노리듯 바짓가랑이를 붙잡듯 눈치 빠른 놈에게 밀리면 완력 좋은 놈에게 밀리면 끝장난다 태도가 인상이란다 꼴이 우스워지면 인상을 찌푸린다 알 거다 좋나 안 될 때가 좋나 두드리면 좋나 쑤신다 태도가 형태를 만들 때 아무도 말해주지 않은 게 있다 좋나 해도 안 될 때가 있다는 것을 아무도 말해주지 않았다.

다비(茶毘)

　불구덩이 휘파람 불어 내 몸은 녹아 흐르는 아이스크림 끈적여 헷갈려, 나는 스스로 걸어 들어온 거 맞아 되는대로 지껄여 어느 누구도 나를 떠밀지 않았어 되뇌어 숯덩이 재 워 홀씨는 불씨로, 태우며 살아 소각로 아궁이 육신은 불구 덩이 휘파람 소리 들어 그을음 방울져 오그라져 굴뚝 위로 솟는 연기로, 검은 새 내 육신 내 영혼 담아 두 눈 이글거려, 정신 바짝 차려 양철 원통 연통 속으로 모가지 디밀어 둥근 하늘 뭉개져 사라져 따가워 내리쬐는 해에게서, 나는 흩어 져 내 육신 그을려 송글 맺힌 땀방울 뚝뚝 떨어져 활활 타오 르는 거친 숨은 쪼그라져 타닥타닥 중얼대는 불씨라도 되려 나 나는 뼈대를 드러내겠지만 나는 붕괴될 거지만 반복되는 일이겠지만 믿어져? 잿더미에 누웠어 바닥엔 불과 불만이 자리잡고 있어서 어지럽지 늘어지지 반응하는 거니까 버틸 수 있겠어? 거센 연기가 잦아들고 다시금 세워진다면 다행 이겠지만 온종일 불길에 휩싸였던 내부는 쉽사리 진정되지 않을 거야 화가 많은 사람들은 접근이 어려운 게 아니야 믿 어져? 나는 어제 쓰러지고 사라진 건데

한낮의 순찰자

작업반장은 맨홀을 살펴본다 도저히 안 되겠다 말하지만 위에서는 내려가라고… 한명이 내려갔다 응답이 없다 해서 다시 한명이 내려갔다 밖에서 상황을 지켜보던 한명은 올라오지 않는 사람들을 찾아 내려갔다

맨홀은 2미터도 안 되는 곳에 있고 저 아래 지하에서 주차장에서 사람들은 올라오는데

계단을 그려본다 길을 잃거나 올라오지 못하는 사람들이 있어서

누군가는 연락이 두절된 동료를 찾아 내려갔다 누군가에게 연락할 이유를 찾지 못해서 나는 한낮에도 컴컴한 방으로 내려간다 깊이감이 내 몸 어딘가에 밸 수도 있겠다 싶어서 조금 밑에 내려가서 살다보면

창밖은 밝아서 입사하는 빛은 반대편 벽에 그림자를 만든다 이를테면 합체되고 분열되는 무리들 발목과 발목이 겹쳐도 엉켜도 살아가는 사람들 멀어지는 무리들 다가오는 무리들 엷어지는 형체들 보호구에 부착된 작은 빛만을 의지한 채 떠밀리듯 내려간 사람들이 있다

계단을 찾아본다 길을 찾아 헤매는 사람들이 있어서 올라오지 못하는 사람들이 있어서

배관에 맞춰 꾸역꾸역 몸을 구겨 넣는다 오물 범벅이다 말 걸지 마라 목덜미 부여잡고 기어간다 냉기 차오른다 냄새 찡하다 찡하다 아무것도 모르겠다 썩은 내 찌꺼기 발목으로 흐른다 고인다 풍덩 하고 빠진다 퐁당퐁당한다 환풍구 아래 굴을 판다 적당한 자리를 찾을 때까지 작업등은 꺼지고 켜지고 꺼지고 켜지고 툭툭 두드리면 배관을 관통하는 소리 퉁— 하고 울리고 퉁—퉁— 길을 묻는 모스부호 녹슨 파이프 배관 넘나드는 소리 나를 부르던 소리

눈이 밝으니까, 박군 들어가고, 다음 황씨 내려가면 되겠네, 마스크 챙기고, 답답해서 언제 쓰고 언제 작업합니까, 빨리 끝내고 올라올게요, 황씨는 박군 잘 챙기고, 뚜껑 열어봐, 확인했어? 황씨, 황씨, 확인했냐고? 내려갈 때 아래 잘 보고, 양수기만 끌고 나오면 되니까, 냄새 안 나요? 하수돈데 오물 냄새 안 나겠냐? 니 입이나 다물어 똥물 튀니까, 박군아 양수기는 보이고?

황씨, 황씨, 박군아, 안 올라올 거야?

한발 한발 내딛고 내려간다 누군가는 연락이 두절된 동료를 찾아 내려갔다 누군가에게 연락할 이유를 찾지 못해서 나는 한낮에도 지하로 내려간다 보호구에 부착된 빛을 쫓아 옅어지는 빛 흔들리는 빛 볼 수도 만질 수도 없는 빛에서

검은 물체가 끝없이 넘쳐흘러 두텁고 매끈한 촉수가 숨통을
파고든다 벽이 조금 갈라졌다 틈 사이로 목소리를 들린다
낮게 아주 여리게 읊조린다 내려가다보면 올라올 수 없거나
돌아오지 못한 사람들이 저 아래 흩어져 있는데 한발 내디
디면 지하에서 그 아래 주차장에서 사람들은 올라오는데

　컴컴한 방에 쌓여 있는 쌓여가는 오물들을 긁어내야만
해서

장소 신파적

산자락 온기 찾아 모여든 집들 벌어진 틈에 풀칠 걱정 잊으려 해도 근심은 달빛 쬐는 산맨치로 그림자 짙게 얼굴들 덮는다 덮는데 뿌리박는 것은 그런 것인가?

돌바위에 난생으로 긁힌 살결 달 참 밝은데 얼룩 한점 없네, 없어서

계단 내려가는 아이 거친 숨에 볼 금세 빨개지고 소학교 기억, 니은, 디귿, 리을, 마음… 읽고 나면 그만 마쳐도 괜찮다 해서 부둣가 하루떼기 하역으로 막내새끼 시작했네 시키는 거 하라는 거 나서는 거 말리는 거 시린 거 아린 손 마디마디 후— 불면 따끔 찌르던 손은 피딱지 피어나고 지고 나면 배 타고 그물 까는 어부도 해보겠다 했지

그래야만 해서 살아나는 것은 물때 맞춰 나가고 오가는 거라 했네

파도에 온몸 얻어터지니 지켜보던 보시더니 남해 바람은 만신창이로 선창 후렴 없이 귀띔이라도 건넨 것인가

저물녘은 참 짧아서 천근 지고 삭신은 계단 오르는데 구불구불 끝없네

동네 참 옹골진 것을 이제서야 봤는가

그대는 그대여 쩍쩍 갈라져 손금 사방 뻗은 시멘트 계단

올라서는 조금새끼 불현듯 뒷모습이 웅그려져 염 없어라 그대여 그대는 수십년의 세월 흘러도 이곳 오르내림에 구절양장을 그대라 말할 수 있을까?

물마루가 참 벌게서 녹슨 난간에 기댄 등짝 멀리 흩뿌린 섬들 보는 겐가

구름 사이 내려오는 햇빛 보는 겐가 품삯 넙죽 받아 꼭 쥐고 있는 겐가 대체 무엇을 부여잡고 있는 겐가 그의 눈알 바라보고 있자니 산 아래 오거리부터 불어오는 짠내 땀내 묵은내 전 숨에 가슴 시네 시어

잡어 구워 저녁상에 올리면 걸쭉한 탁주에 몸을 맡겨도 좋으이 옛노래 불러도 좋으이

현장 숙소 빙 둘러앉은 대포 자리 했던 말 오늘도 읊어대니 내 입에서 입으로 술술 내뱉고 있으이

징글징글하다 저놈의 영감탱이

사냥철

쌍나발 굉음 굉음 배기량 심장 뛰는 배기력 폭거 폭주 질
주 야행 항거 한 사람은 살았지만 그 사람은 죽어서 죽을 때,
글쎄 처음인지라 아스팔트는 그 사람의 피를 받아 마시고
독사 눈 빨간 눈 신호등 사냥터 초입에 풍기는 휘발유 피 냄
새 맡아도 오일 냄새 살점 한점 뜯겨 널브러진 아스팔트 한
길에 신호등 차례로 일렬로 점멸 깜박 컴컴한 아스팔트 가
로등 그늘은 빛이 침범할 수 없어 매복 매복 쉿, 안개 연무
경계가 느슨해지면 굉음 굉음 질주 목적지 없음 질주 도로
끝 안내간판조차 없어 배기통 쏟아지는 질주 폭주 폭거 바
닥에 주르륵 흘리는 기름 얼룩

첫번째 획 ── 두번째 획 ── 세번째 끽 ── 독사 같은 놈
이… 트럭 한대 붙잡고 똬리를 틀어 충돌 충돌 앞 유리 와장
창 허공 종잇장 찰나 찰칵 찰칵 별 감각 없음 붕 뜬 기분 약
하지 않았음 잠시 비행 만행 환영 마미 비행하는 밤 밤의 비
행 마미 마미 마미 뿌려지는 몸통 몸통 데굴데굴 구르고 한
사내 구르며 별을 관찰하는 또 하나의 방법을 발견한 순간
유레카 곱디고운 손은 아스팔트에 그을린 화상 쭈욱 밀려난
살갗 화상 바퀴 사이에 끼여버린 화상 모여든 이 화상들

괴적한

장면 1. 사냥꾼은 떠오른 한 사내를 낚아채고, 멀리멀리 던져버려, 목뼈를 부러뜨리고 씩 미소를 짓는다

장면 2. 사내의 두 눈은 시퍼렇게 떠 있어서, 하늘을 하염없이 바라보는데, 공기 압력은 동공에 눈물을 고이게 만든다

장면 3. 꺾인 팔과 다리와 몸은 휘어진 철심 장면전환. (국도 변 편의점 문 앞 5번 카메라) 어둠은 트럭 밑으로 빨려 들어간 사내를 찾고 있다, 트럭을 한바퀴 돌고 돌아 마침내 허리를 숙이고 바퀴를 툭툭 발로 찬다, 사내는 살려달라고 소리를 지른다 장면전환. 사내는 잠이 쏟아진다, 피가 툭 툭 떨어진다, 기침을 하면 피가 툭 툭 떨어진다 손가락을 움직인다, 피가 툭 툭 떨어진다, 조금은 고단한 눈으로

편집 장면. (도로교통흐름감지카메라 — 역방향) 트럭 운전자는 주변을 살핀다, 툭 툭 떨어지는 피, 아스팔트에 쏟아지는 피, 트럭 밑을 한동안 바라보는 운전자, 그날 그 밤에 사내는 바퀴 사이에 끼여버려서

마주한 눈 편집 장면. (도로교통흐름감지카메라 — 순방향) 앰뷸런스는 사내를 태우고 달린다, 모든 경고를 무시하

고 달려, 배기음 사이렌 배기음 사이렌 배기량 배기력 사이
렌, 더이상 뛰지 않는 심장 배기력, 밤의 질주 밤의 항거 도
망치는 사내와 뒤쫓는 암흑의 추적 바짓단에 묻어 있던 오
일 찌꺼기 혈흔의 절묘한 조합, 기록된 흔적, 경계는 밤 생
낮 사, 경계는 낮 생 밤 사, 멀어지는 사이렌 암녹색 눈

　도로 정비 차량 무쇠 솔 아스팔트를 문질러 그 사람의 흔
적을 지우고 싶어도 지문 날인 지울 수 없어 죽은 곳 죽지 못
해 도망친 사람이 돌아와 배회하는 폭주 폭거 야행 항거 따
뜻하고 포근하고 감촉 같은 것 뭐든지 간에 붙잡고 싶은 건
어쩔 수 없는 한 사람은 허공으로 떠오르고 뜨고 광대도 아
닌데 허우적허우적 잔상 허상 잔상 절대 약 하지 않았어 바
퀴에 끼여버린 한 사람을 꺼내기 위해 움직이는 트럭 살려
달라는 비명 들었을 텐데 더 크게 더 크게 배기력 배기음 후
덜덜 떨리는 엔진 운전자는 난감한 표정 짓고 제출 누락 첨
부 서류 VR(블랙박스 녹화 파일 MP4_) 제길! 제길! 재수없
게,라고 염병할, 뭐 이런 미친 새끼,라고 재수가 없으려니까,
라고 어디다 전화를 걸어야 하나 순간 당황, 어, 형님, 운전
하는… 네 네, 늦은 시간에 죄송한데, 급한 일이라… 신호 받

고 서 있는데,라고… 이빨을 드러내고 누런 이빨이 씩씩거
려 항거불능 항거불능

용용 죽겠지

오늘도 결석인가? 선생님이 부르면 대꾸하기 싫은지 마는지 갑수는 대답 없고 인순이는 같은 자리 매일매일 갑수 책결상 차지하고 4교시 끝나도록 마르고 닳도록 인순이는 끝끝내 호명되지 않는다 교실에서 "내 이름 손 인 순 석자 부르지 않아요" 집으로 돌아온 인순이는 학교에 없단다 선생님 목소리 교무실 온기 가시고 인순이 갑수로 언제 개명된 건지 자초지종 아는 이 없고 찾을 길 없어서 핏줄들 여전히 인순이라 부르지만 갑수로 수십년 세월 넘어버린 이름이 있다

아이가 태어났다 한여름, 솜이불 덮고 있는 갑수는 용꿈 꾸었으니 '용 용' 자 넣어라 꼭 그렇게 남편에게 신신당부한다 주민센터 직원 남편 손 붙잡고 어서 와라 축하한다 '용하다 용' 자 알고 있다 자랑한다 남편은 갑수가 용꿈 꾸었으니 직원 손 붙잡고 약속 받아내고 직원은 그렇게 등록하겠다 했지만 '용기 용'인지 '용서할 용' 자가 '녹용 용' 아니고 '센 힘 용'인지 이도 저도 아니면 모든 걸 '녹일 용'인지 네 편 내 편 왕 편인지 누구 편인지 사전 꺼내 들고 찾아봐도 주민센터 직원 모르겠다 애만 끓겠지 아이는 학년마다 호구조

사 들어갈 때 선생님은 아이 불러내고 어머니 이름이 무엇
이냐 다그치면 용용 죽겠지 자초지종 말씀드려야 하나 도무
지 모르겠어서

콜레라 시대의 노동

두마리가 실족했는데 쉬쉬해 어물쩍 묻더라 건설되는 물류창고 활활 타올라 난리 난 줄 스리슬쩍 묻더라 배수구에 빠졌는데 얼빠진 놈들이 보고만 있잖수 빤히 묻더라 틀어막든지 하든지 대가리도 보통 대가리들은 아니야 알아먹질 못해, 그렇지? 그러니 어디서 사람만도 못하다는 소리나 듣는 거예요 새끼들아, 그래야 사장이 되지 그렇지? 빨리빨리? 오만 인상 갖다 붙이지 마 당신만 답답한 거 아니니까 답이 있긴 있어? 불신지옥 인간천국 이 시국에 똥을 쌌네 그래서 안전요원을 배치하라는 거임 에이 씨발 돈육 빠지게 생겼네 지금 뭐라고 했어? 쌀은 미국산 김치는 중국산 삼겹살은 독일산 목살은 캐나다산 동태는 러시아산 오징어는 저기 원양에서 왔다 했나? 돼지뼈는 호주산 그렇지? 낙지는 중국산 고춧가루는 베트남에서 막 들어오니까 넘쳐나니까 괜찮다는 거지? 기야 아니야 쯔엉, 안 들려? 나.는.기.술.연.수.생.이.에.요.빨.리(래).는.가.짜(각자).빨.아(으).세.요. 뭐 이런 배추 콩만 한 새끼가 굴러 들어왔냐? 쯔엉은 가야 할지 정하지 못했나봐 기능은 걔네들이 가지고 있으니까 사수가 물어볼라치면 오나가나 우물쭈물해 말귀는 없어 파라면 파 시늉은 해 시키면 해 다행이야 눈치는 있어 보여서 여기 뭐 라면 저기 뭐? 묻으라면 멀뚱히 쎄멘 기둥이 되는 거야 에휴 말을 말자 저기 빗자루 보이지? 저거보단 나은 거잖아 어설프지 않아? 국산은 원래 그래 어째, 하겠다고 달라붙는 애들도 없고 버티는 애들도 없고 에라이 잘도 돌아가는 꼬라지다 뜨거운 건 싫다는데 여기 묻으라면 어쩔 거임 쯔엉, 오늘 할 일이 뭐야? 엉로우 ── 오늘? 홈나이 ── 그래, 저기 모래 산 보이지 여기로 옮겨놔

* 오늘의 생활 단어
시노이 – 미안합니다, 홈나이 – 오늘, 응아이마이 – 내일, 더이붕 – 배고프다, 엉로우 – 술 마시자, 응아 – 쉬다, 응우 – 바보.

곰이 물구나무서서

숲 입구에 사내가 서성이고 있다 곰은 숲속 깊은 곳으로 이 계절 마지막 소풍 가고 싶다 하는데 의자에 엉덩이를 붙이지도 못하고 일어설 수도 없어서 숲 입구만 읽고 있다 사내의 배를 걷어차고 반쯤 남은 소주병을 던져버리면 입구가 열릴까? 당장이라도 떠나라고 수신호를 보내고 싶지만 그들의 언어가 엄연히 다르기에 곰은 방에 앉아 배낭에 옷가지를 넣는다 내일은 동물원에 등록하려고 일주일 단기과정, 영장류의 언어를 배울 수 있는 절호의 기회, 맴도는 언어를 익혀보세요, 여러분은 늦지 않았습니다, 실업자 우대, 배웁시다, 배워서 남 주나요, F-4 비자 발급(절지동물 가능), 전화 상담 환영, 방문 전 전화는 필수 빨간 티셔츠와 꿀단지만 있으면 행복했던 곰, 이제는 줄자와 각도자도 잊지 않으려고 촛불을 어디다 두었더라 읽던 책이 어둠 속으로 묻히고 엉켜 있는 나뭇가지와 새소리가, 바위틈에서 숨 쉬던 이끼가, 잠을 자려고 오솔길 막다른 곳 곰이 물구나무선다고 문이 될 수 없듯이 더이상 숲이 궁금하지도 않고 아무것도 바라지 않아도 된다고 곰은 읽던 책을 거꾸로 세운다 책을 쌓고 그 위에 쌓는다 내일은 조금 일찍 일어나야 할 것 같아 도면을 그려야지 망치를 던져버리고 연필과 지우개를 챙길 거

야 줄자만 들고 다녀야지 곰도 구르는 재주가 있다고

플란다스의 고양이

수많은 바람길은 작업복의 자해로 만들어졌을까?

발전소 굴뚝에서 넘쳐흐르는 연기는 입김과 같아서

창에 맺힌 입김이 옅어지듯 호— 불어주던 기억일지도

나는 뒤꿈치가 부끄럽다는 양말을 줄걸이에 걸어두고 연기에 휩싸여 볼 수도 만질 수도 없는 발전소의 방전된 밤을 지켜본다

잠든 섬으로 출근하는 사람들 취기 어린 소리가 연기 속으로 배어든다

시인의 초상이 빛바랜 상장처럼 걸려 있는 가게는 불을 내리고

심야식당 국수를 삶던 불씨는 가라앉는다

먼 데 동이 터오는 발전소 길, 폐지를 가득 실은 유모차와 뒤따르는 고양이

길을 재촉하듯 펼쳐진 가로등 꺼져가고

연필을 돌리던 손가락이 멈춘다

나는 어디까지 추락할 수 있을까?

머뭇거리는 창밖에 퍼런 기운

밤을 이기려고 노력해봐, 줄걸이에 걸린 젖은 속옷이 속삭이고 있어

기도의 집

돋아난 깃은 빠지고 뽑히고 목뼈까지 우두둑 마주한 낯짝들 세울 게 없네

통성하던 밤에 널빤지 마루에 코 처박고 야금야금 씹어대는 사람들

신발들은 코 닳고 뒤꿈치 짓눌려서 한숨을 내뱉지 실밥 씹어 뱉듯이

엎어지고 깨지고 던지고 한칸 방을 들쑤시지

저 인간이 사라졌으면 좋겠어 오늘만이라도 길바닥에서 얼어 죽지도 못하는 새끼 그럴 능력도 없잖아 밖에선 아무말도 못 하는 쪼다 같은 놈 집구석은 잘도 기어 들어오는구나

싸지른 소변은 방바닥으로 스며든다 바짓가랑이 쏟아지는 폭포 더듬이 물고기 공벌레 둥둥 떠오른다 떡밥 썩는 냄새 장판 밑으로 흐르고 흘러서 한칸 방은 호수구나 어두워라

많이 어둡지, 맞아, 집이 많이 어두웠어, 저 인간이 모조리 깨버렸거든

공장불빛끄지않았다스팀다리미보일러청동파이프게워낸토사물먹는다하찌나나인찌오바로크찜바났잖아누가친거야?미쳤어?

나오시치라고!자고!자고!어디있는거야어디있어?개돼지만도못한데살아서뭐하냐이럴거면다같이죽자…

그는 장판 밑으로 스며든다

노루발은 그의 엄지손가락 찧고 재단 칼은 그의 검지 신경 절단 내었지 둥둥 떠오르는 생각에 눈을 감을 수 없다는 그는

손가락 살린다고 불쌍해서 어쩌나 얼른 집어넣어 입, 그 입에, 입 다물고 안에 손가락 넣고 야금야금 혀는 피 맛을 알아버렸지 깨물어도 보고 굴려도 보고 혀끝의 감각

입안에서 살살 녹는다

일어나봐 야, 일어나보라고 새끼야 너는 누구 새끼야? 쥐좆 같은 놈아 니가 어떻게 밥 처먹는지 알아? 헝겊 조각 싸매고 사는지 알기는 알아? 시다판 밑에서 내 피 받아먹어서 이렇게라도 사는 거야 씨발아, 병신 똘추 새끼야, 알아듣겠어? 알아먹겠어? 잊지 마 흐르는 핏물은 입안에서 퍼지는 엄지손가락 맛이야 입안에서 녹는 검지손가락 맛이라고 한번 더 숟가락 쳐들어봐 그러다 처맞는다

조용히 뒈졌으면 좋겠어 아멘 하고 기도하던 밤에 흰 보자기를 뒤집어쓴 그를 기억할 거야 벽지를 발라도 붙여도 스

멀스멀 그가 올라오네 따뜻해라 썩은 내 풀풀 풍기네 한칸
방은 가득할 거야 모서리에 매달려 가벼워지는 그의 육신을
통성할 거야

　다탁에 앉아 있는데 매일 기도가 멈추지 않네

　보일러실 따뜻하더라, 저 새끼 때문에 보일러실에서 웅크
리고 있었어

오함마 백씨 행장

"바나나가 사라진다고 들었어요. 부르는 노래가 있잖아요. 바나나는 길다고 그래서 기차라고, 빠르다고 비행기라고, 이 노래 한 소절로 바나나는 비행기가 될 수 있는 필요충분조건을 갖추게 된 건가요? 바나나는 빠르고 길고 높고 이름에만 바나나가 들어간 우유가 여전히 맛있다는 정말 말도 안 되는 결론을 내리게 만들 정도로 상상을 자극하는 과일인가봐요. 그런가요? 시금치도 아니고 비상계단에 오도카니 자리 지키는 새빨간 소화기도 아닌 노란색 바나나를요."

백두영씨. 그는 백혈구에 문제가 생겨 내분비계가 엉키는 바람에 영영 돌아오지 못했어요.

의사는 당시 상황에 대해, 그러니까 백씨의 혈액에 문제가 생겼는데, 꽤 많이 진행된 상태라고 알렸어요. 매우 위험한 상황에 처해 있다는 것에 대해, 그리고 이 모든 일이 무지에서 온 것인가에 관한 이야기들이었죠. 하루라도 빨리 입원을 권했어요. 희망을 가져보자며, 일치하는 유전자를 찾아 이식받는다면, 항암치료를 꾸준히 받는다면 지금 상황보다는 호전될 수 있다고 백두영씨에게 설명했어요. 그의 머릿속에서 과거의 고통들이 스쳐갔지요. 대수롭지 않게 여기던 통증, 가벼운 어지러움, 가슴이 답답했던 이유 말이죠. 그는 이어 생각했지요. 잦아진 기침까지. 지금 이 병의 과정이 었겠구나,라고요. 백두영씨의 상태는 주변을 정리할 시간조차 허락하지 않았어요. 병은 심장을 깜짝 놀래기도, 뇌를 어지럽게 돌아다니기도 했어요. 무엇인가 몸속 혈관을 휘젓고 다닐 때면, 백두영씨는 기분이 몹시 언짢았어요. 여러가지 검사와 항암치료를 받는 동안 백두영씨는 여전히 혼자였지요. 흰 커튼으로 둘러쳐진 병실에 말이죠.

"백두영씨, 검사 결과가 좋지 않아요."

"선생님, 저도 느끼고 있습니다. 요즘 부쩍 피곤하고 지치네요. 입맛도 느끼질 못하겠어요." 백두영씨가 침대에 누워 마른 입술을 간신히 움직이며 의사의 말에 대답했어요.

"희망을 잃지 마세요, 백두영씨."

의사는 알고 있었을까요? 치료의 끝이 보인다는 것을요? 백두영씨는 눈을 감을 때마다 환청을 들었어요. 어떨 때는 허공에 손짓을 하면서 헛소리도 뱉어냈지요. 이러한 일들은 더욱 잦아져서 어두운 밤이 되면 고통의 신음으로 이어졌어요.

그의 마지막은 당직 근무자가 발견했는데, 몸에 부착된 생명 유지 장치가 몸에서 분리된 상태로 발견됐어요. 누군

가 연결된 장치를 떼어낸 건지 스스로 정지시킨 건지, 아무
것도 결론 내리지 못한 채 말이죠.

"백두영씨, 백두영씨."

당직자가 몸을 흔들어 깨울 때 의식이 남아 있었다고 말
했어요. 그건 아마도 숨을 거두기 전에 보이는 일반적인 반
응이라고들 하네요. 철제 침대의 백두영씨는 뼈마디가 드러
날 정도로 체중이 줄어 있었어요. 앙상한 몸은 투명한 비닐
관으로 둘러싸여 있었고요. 음식을 섭취할 수가 없어서 수
액을 강제적으로 주입하는 관이 그의 목과 온몸을 관통하고
있었지요. 팔에는 진통제가 주입되는 관, 항암제와 여러 약
물이 들어가는 관들로 칭칭 감겨 있었어요. 피부는 윤기를
잃어서 잿빛, 아니 검게 탔다라는 표현이 맞겠죠. 그는 그런
모습으로 발견됐어요. 주치의가 도착하고 모든 절차가 마무
리됐어요. 일사천리. 미리 준비라도 된 듯. 원무과의 행정적
인 절차가 의사의 소견서 첨부를 끝으로 백두영씨는 우리
곁을 떠났어요. 몇몇 지인들이 찾아오기는 했지만 연락을
주고받았거나 왕래가 오고 간 사이는 아니라서 찾아온 사람
들은 어떻게 말을 이어가야 할지 난감한 표정만 지을 뿐이
었죠. 그가 머물렀던 병상을 정리하면서 수첩 하나를 발견

했는데, 그 안에는 비뚜름한 손글씨로 현장 주소들과 인력 사무소의 연락처, 오가며 만났던 사람들의 전화번호가 적혀 있었어요. 정작 그의 가족에게 연락할 방법은 어디에도 적혀 있질 않았어요.

병실 한곳에 냉장고가 있는데, 그 위에 바나나가 놓여 있는 것을 보았어요. 노랗던 바나나마저 검게 타버려서 죽음을 기다리고 있는 듯했어요. 백두영씨가 그랬던 것처럼.

유품으로 남겨진 낡은 배낭에는 작업복과 안전화, 바닥이 드러난 스킨로션, 손톱깎이와 날이 무뎌진 일회용 면도기가 전부였어요. 그의 물건들을 어떻게 처리해야 할지.

침상에 올려진 백두영씨의 배낭을 한동안 바라봤지요.

번쩍이는 바닥 반짝임 아래 지하는 네가 누울 자리니

그곳 분류장은 하차장이었고 펌프실이었고 가벽을 세우
면 탈의실이었고 가벽을 받치면 잠자리였고 가벽을 덮으면
  번쩍이는 대리석 바닥 아래 지하는 너의 쉼터이니 대기를
타라

뜬 눈을 감을 수 없어서, 펌프실 모터는 항상 나를 솟구치
게 하며 항상 내게 깨어 있으라 주문을 건다 낮은 밤이었고
밤은 낮이었으므로 지하에서 낮은 낮이 아니므로 지하에서
밤은 밤이 아니므로
  매달린 형광등 푸른빛 도사리는 자리에서

사람들은 사라진다 섬은 잠든다, 그만 올라가라

연마기 파우더 대리석 나는 숫돌을 사용했으므로 갈았고,
회전율은 절대로 빠르고 절대로 느리다 말할 수 없어서 침
을 삼켰으므로 침이 솟구치고 침이 넘어갔으므로
  바닥은 천장이 되고 바닥은 등불을 밝히고 바닥은, 한 얼
굴이 어른거린다 어두운 복도 긴 통로에서 나는 돌을 갈고
있으니 숫돌을 걸친 육신이 천장에 어른거린다

솟구치는 땀 한방울, 천장으로 떨어진다 걸친 수건으로
훔쳐도 천장으로 떨어진다 솟구치는 한방울 땀에, 연마기
손잡이 움켜쥔 손등이 따끔거린다 빙글빙글 잠들지 마라 숫
돌은 어른거리는 한 얼굴을, 어른거리는 육신을 짓이긴다

촘촘히 박히는 하얀 가루 둥그스름히 연마기 회전율의 속
삭임이 광을 만드므로 되살아나므로 번쩍이던 대리석 꺼져
가던 자리에서

사람들은 나타난다 섬은 깨어난다, 이제 내려가라

번쩍이는 바닥 반짝임 아래 지하는 네가 누울 자리니, 모
터 펌프 코일 타는 냄새가 너를 재우려 하니, 일어서는 구둣
발 뒤꿈치로 살포시 누르며 항상 대기를 타라 한발짝 한발
짝 옮기는 소리가 바닥으로 잦아드니

슬금슬금 퍼지는 그곳 푸르름 속에는 연마기를 놓지 못하
는 너의 얼굴이 뜬 눈 감을 수 없다는 너의 육신이 안식을 찾
고자 하니

반성

　세상에나 졸업하는 날 연필에게 작별 고했는데 이제사 반성문이라니 효창맨션 주차장 세워진 자전거를 훔쳤어요 사러가 마트에서 풍선껌을 훔쳤어요 교실 바닥 떨어진 돌핀 시계를 주웠어요 반성합니다 반성합니다 공책에 적었어요 숨통 좀 트이나 싶어서 숟가락 들었던 날들을 세어봤어요 반성이라는 글자는 무겁잖아요 공책 한권은 작고 작아서 반성이라고 적는다고 다 같은 반성은 아니잖아요 내 탓이라고 가슴을 쳐봐도 네 탓이라고 평생 반성한다 해도 핑계를 달잖아요 어떻게 사람이 내 탓이라고 모든 게 내 탓이다 반성만 하면서 살 수 있겠냐 숨을 쉬어도 그게 문제냐? 문제 맞나요? 대체 무엇을 반성하나요라고 되묻잖아요 아시잖아요 글을 짓고 문장을 다듬어서 선처를 구할게요 노력한다 해도 어떻게 용서가 되겠어요 벌써 두어해가 흘렀나요? 봄이에요 안산으로 순례를 떠나기 전에 책상에 앉아서

옥상에서 우리들은 운동장 하늘

개방하겠습니다 계단 앞으로 집합, 2병동 비상구 개방합니다 3병동 비상구 개방합니다 5병동 비상구 개방합니다 6병동 비상구 개방합니다 7병동 비상구 개방합니다

안내방송을 쫓는 무질서가 아래층에서 밀려오다 얽히다 한줄로 어긋매어집니다 흐리멍덩한 낯빛의 한걸음 걸음이 울리고 허파를 움켜쥔 듯 새어나오는 숨소리 소리가 북적이는 계단에서
하늘을 보고 싶다면 멈추지 말고 올라가라 했습니다

쓰러진 화분에는 잿빛 사철이, 갈라진 화분에는 화초 아닌 잡초가, 찌그러진 양동이에 잔가지 실타래 출렁이는 운동장은

사철나무가 양동이 가득 출렁이는, 양동이를 들고 다가옵니다
이봐, 너도 자유낙하의 맛을 볼 테야? 왜 쳐다보는 건데? 시선이 불편해서 말이지, 어디 다른 곳을 보면 안 될까? 가령 멀리… 하하, 너에게 뻔한 말을 해버렸군, 맞아, 멀리… 보라

115

는 건 그냥 뱉어낸 말이야, 뭘 생각하든 너에게는 관심 일도
없어, 빤히 쳐다보는 그런 시선이 기분 나빴단 말이지,

　광대가 되어버린 것 같잖아 알아먹었으면, 썩 꺼지시든지

　담배를 물고 있는 사람들은 뻐끔뻐끔 말하지 않겠습니
까? 저것 봐, 사철나무 녀석이 넘어져서 양동이를 엎었는데,
화분을 뚫어지게 쳐다보던 녀석이 다 뒤집어쓰었네, 하하하

　옥상에서 사람들은 운동장 하늘, 물 빠진 수영장 바닥에
그늘, 철 지난 하늘에 갈라진 바닥은 펼쳐진 폐그물 말라비
틀어진 잡어 대가리들

　파헤쳐진 봉분의 백골이, 헐어서 문드러진 살갗이, 썩은
뿌리가 우울처럼 나뒹구는 이곳을 안내방송으로 전달하겠
습니다 사람들은 운동장이라 부르지만 치료소는 정원이라
말합니다

　나는 오직 감시하거나 통제하는 목소리로

　귀퉁이 철기둥에 걸친 거대한 투망을 안전망이라 불렀습
니다 정원을 서성이던 사람들이 몸을 던지기도 한다 해서

살고 싶다면 안전망에서 떨어져라 했습니다

카악── 퉤, 희멀건 가래침은 죽상이지요 담뱃재는 곤죽
입니다 온전한 하늘을 보고 싶다던 그들이 담뱃불을 붙이고
있습니다

죄송해요, 내가 할 수 있는 일은

그 시인은 나에 대해 모르지만 그날은 이랬다 나는 평소와 다름없이 몸을 일으켜 작업복을 입었다
늦을까봐
애태우며 조급하게 서두르지 않았다

작업장에는 하얀 상자가 놓여 있다 상자는 붉은 혈흔이 배어 있거나 분해되는 유기물의 냄새를 끌어안고 있다
어떤 상자에선 짙은 향내도 느껴져서
깃털 하나를 담았거나 밥공기 두어개쯤 들어 있겠지 싶었다

상자는 매일같이 규격화된다 상자의 무게를 재고 분류 스티커를 붙여 전산 등록을 하는 동안, 상자를 어디다 쌓아둘까요? 상자 위에 상자가 그 위에 또 그 위에

컨베이어에 가지런히 놓이는 상자들

위에서는 신체 일부의 조직들을 절제하거나 손상된 장기를 적출했다 기능을 상실한 신체 일부를, 장례 절차에 사용

된 물건이거나 오염된 혈액까지 예외란 없다 상자에 담긴
모든 것들은 불태워져라,

  사라진 것은 흔적조차 남기지 않았다, 흔적조차 남을 수
없는 화염 속에서

  그날은 이랬다
  그 시인은 나에 대해 모르지만
  사람들은 시인의 발인이 신촌 장례식장에서 있을 거라는
걸 알았다

  하얀 상자가 놓여 있다 차곡히 쌓인 상자들을 일일이 확
인한다 컨베이어에 상자를 올려놓으며 천천히 올라가길 바
랐다 한점 흐트러짐 없이 아주 천천히

  넋 놓고 있지 마러, 상자를 올리라며 누군가 외치기도 했지
만 나는 내가 해야 할 일을 알고 있었다

'해체되기 위한 쇼'에 초대당한 당신

김수이

> 고작 이거 했다 힘든 건 아니지? 탕바리 이곳서 무너지면
> 너는 어디서도 쓰레기 인생으로 살 거다, 쓰레기
> ──「밀가루 시멘트」부분

"취업했고 노동하지만, 노동자는 아니에요."

노동자는 누구이며, 누가 노동자인가? 오늘날 이 질문에 대답하는 일은 매우 복잡한 작업이 되었다. 노동(문학)의 함성이 뜨거웠던 1970~80년대에는 상상하기 어렵던 일이다. 노동자의 정의는 단순하다. '노동력을 제공하고 임금을 받아 생활하는 사람'이다. 그런데 지금 우리는 '노동하는 사람'과 '노동자'가 일치하지 않는 기이한 시대를 살고 있다. 불합리하고 비인간적인 대우를 받는 것도 모자라 노동자로서의 자격조차 부정당하는 사람들. 2020년대 초반 현

재, 실제로 노동하고 있음에도 공식적·법적으로는 노동자가 아닌 사람이 우리나라 전체 취업자의 4분의 1에 달한다.*
"앉게나, 어떻게 알고 찾아왔나? 천국? 그곳에? 내가 올렸나보군, 비슷한 일을 해본 적은 있나? (…) 가져온 이력서를 보니 많이도 돌아다녔군, 더이상 묻지는 않겠네, 떠나고 싶어지면 미리 말해주게, 이쪽은 회전율이 빨라"(「장소 특정적」). "형틀은 해보셨어? 어디 불편한 덴 없지? 해체공이 필요하면 잡공도 상관없는데 그거 잡으려다 피똥 싸겠네"(「남구로역」).

2000년대 들어 뚜렷해진 노동문학의 쇠퇴는 문학에도 책임이 있지만, 노동시장의 역사적 변화와 노동의 해체적 유동화에 근본 원인이 있다. 단일했던 고용관계가 해체되면서 노동의 구조와 개념이 바뀌고 있으며, 노동문학의 기본 전제도 흔들리고 있다. 노동의 가치에 대한 믿음이 하락하고, 새로운 노동 형태가 계속 출현하며, 자본가와 노동자의 거리뿐 아니라 노동자와 노동자의 거리도 멀어지고 있다. 노동의 유연화 속에 노동자는 점점 더 불확실하고 불안정하며 일시적인 존재가 되어간다. "견고했던 노동자성이 녹아내

---

* '취업자'는 "노동자보다 넓은 개념"으로 "수입을 위해 한시간 이상 일하는 모든 사람을 포괄"하는데, 우리나라 전체 취업자 가운데 24.9%는 임금노동자가 아니다. 전혜원 『노동에 대해 말하지 않는 것들: 종속적 자영업자에서 플랫폼 일자리까지』, 서해문집 2021, 60~62면.

리고 액화되는"'액화노동(melting labour)'*이 번성하는 가운데 현실의 실체와 윤리, 삶의 미래도 갈수록 불투명해진다. 고용과 책임, 착취의 연쇄적 외주화(outsourcing) 구조에서 하청에 또 하청을 받는 간접고용자와 일용직 들은 내가 누구에게 고용되었는지, 내가 받아야 할 정당한 보수가 얼마인지, 내가 누구와 언제까지 일할 수 있을지, 생존과 죽음의 경계가 어디인지 등을 알기 어렵다. 착취와 고립과 위험은 일(노동)의 조건이자 환경이 되었다. 일하기 위해서는 먼저 착취에 동의해야 하며, 전모를 알 수 없고 불안전하며 타인과 연대하기도 힘든 체제에 굴복해야 한다.** "항거불능 항거불능"(「사냥철」). "나는 어디까지 추락할 수 있을까?"(「플란다스의 고양이」). "작업반장은 맨홀을 살펴본다 도저히 안 되겠다 말하지만 위에서는 내려가라고… 한명이 내려갔

---

* 백승호·이승윤·김태환 「비표준적 형태의 일과 사회보장개혁의 남아있는 과제들」, 『사회보장연구』 37권 2호, 2021, 140~41면 참조.

** 법의 사각지대에서 위험에 내몰리는 이들은 재해 보상조차 제대로 받지 못한다. 2018년 태안화력발전소의 석탄 운송용 컨베이어 벨트에서 혼자 일하던 김용균씨의 참혹한 죽음은 종합범죄 수준의 착취가 합법적으로 행해지고 있음을 드러냈다. 당시 원청이 하청에 지급한 직접노무비는 522만원이었지만, 김용균씨가 받은 돈은 용역업체와 계약한 금액인 211만원이었다. 사라진 311만원은 '중간착취의 지옥'이 노동자의 실제 수입을 훨씬 초과하는 수준에서 조직화되어 있음을 상징한다. 남보라·박주희·전혼잎 『중간착취의 지옥도: 합법적인 착복의 세계와 떼인 돈이 흐르는 곳』, 글항아리 2021, 22면 참조.

다 응답이 없다 해서 다시 한명이 내려갔다 밖에서 상황을
지켜보던 한명은 올라오지 않는 사람들을 찾아 내려갔다"
(「한낮의 순찰자」).

저소득자만 불안정한 노동을 하는 것은 아니다. 액화노동
의 상층부에는 고숙련 디지털 노동을 하며 전세계를 자유로
이 떠도는 고소득자가 있고, 하층부에는 단순노동이나 육체
노동을 하며 하루하루 위태롭게 생계를 잇는 저소득자가 있
다. 최상층에게 노동이 가장 만족스러운 오락이자 '유동적
삶(liquid life)의 기술'*이 된 반면, 하층에게 노동은 몸과 생
명을 갈아 넣어야 하는 혹독한 노역이 되었다. 이런 맥락에
서 코로나19 팬데믹은 양극화의 원인이 아니라, 누가 위험
을 무릅쓰고 일할 수밖에 없는지, 누가 생존에 더 취약한지
를 판별하는 가혹한 거름망이었다. "뉴스 보셨어요? 자루에
사람들을 쓸어 담던데, 가능한 일인가요? 꿈틀거리는 거 봤
어요? (…) 거리에 쌓여 있는 자루들, 그거 맞지요? 무조건
하라고만 말고 알려주셔야죠, 작은 자루 쓰러진 자루, 그럼

---

* 윤리의 영역이었던 노동("노동은 선이요, 노동하지 않는 것은 악
이다")의 땅을 '소비의 미학'이 차지하면서 노동의 미적 가치는
계층을 나누는 강력한 요소로 떠올랐다. "만족스런 경험을 많이
할 수 있는 노동, 자기를 실현하는 노동, 삶의 의미인 노동, 중요
한 모든 것들의 핵심이자 중심축인 노동, 긍지와 자부심, 명예와
존경 또는 유명세의 원천인 노동, 한마디로 직업으로서의 노동
은 소수의 특권이 되었다." 지그문트 바우만 『새로운 빈곤: 노동,
소비주의 그리고 뉴푸어』, 이수영 옮김, 천지인 2010, 66~68면.

노인들과 젊은 사람들 다 같이 분리수거 하나요?"(「잔업 특근」). "나는 뼈대를 드러내겠지만 나는 붕괴될 거지만 반복되는 일이겠지만 믿어져? 잿더미에 누웠어 (…) 나는 어제 쓰러지고 사라진 건데"(「다비(茶毘)」).

버틸 수 없는 사람들, 소비할 능력이 없는 사람들을 골라내 '인간 쓰레기'로 폐기하는 곳이 지금 우리가 사는 세상이다. 바우만(Z. Bauman)의 통찰은 빠르고 정확했다. 세상을 쉼 없이 다시 만드는 근대적 삶의 방식은 쓸모없는 것을 계속 분리해내 다른 곳으로 보내는(버리는) 과정이다. 근대의 쓰레기 하치장은 벌써 한계치를 넘어섰으나, 인간을 비롯한 각종 쓰레기는 더 폭발적으로 늘고 있다.* 우리가 사는 세상은 이미 쓰레기이거나 이내 쓰레기가 될 것들로 가득하다. 쓰레기가 될 운명에서 예외란 없다. 우리는 모두, 쓰레기를 끊임없이 생산-폐기하는 근대의 거대한 장치에 실려 이동하고 있고, 속도는 점점 빨라지고 있다. "컨베이어 벨트는 쓰러진 그를 흘려보낸다 분류되면 옮겨지고 수레에 싣고 실리고 그를 짐짝 사이에 잠시 끼겨놓는다 벨트 가동되면 벨소리 징하게 울린다 미친 듯이 밀려온다 달려들고 돌고 돌고 분류하고 분류되고 쌓여 있는 상자들 육면체 모서리 구겨지고 짜부라지고 주소지 불명이라 한편으로 내동댕이쳤다"(「신수동 수화물 터미널」).

* 같은 책 160~71면.

이용훈의 첫 시집『근무일지』는 공사장과 온갖 일터를 전전하는 막노동자가 '인간 쓰레기'와 '쓰레기 인생'으로 전락하지 않기 위해 사투를 벌이는 현장을 담고 있다. 가난한 삶의 "깰 수도 버릴 수도 없는 바닥"(「밀가루 시멘트」)에서 탕바리(건당 운임을 받는 부정기적인 일자리), 객공잡이(일하는 시간이나 능률 등에 따라 삯을 받는 사람), 하루떼기 최약자 등으로 일한 경험은 대부분 이용훈 자신의 것이지만, 같은 처지의 다른 사람들의 것이기도 하다. 몸뚱이 하나뿐인 사람들이 몸 바쳐 일하면 일할수록 쓰레기가 될 위험은 멀어질 듯 가까워진다. "휙 ― 건설 중이고 또 휙 ― 철거되"(「굴러온」)는 현대 자본주의의 파괴적 생산 현장에서 잡역부는 언제든 실직할 수 있고, 다치거나 목숨을 잃을 수도 있다. 아무리 열심히 일해도 "하루 벌어 하루 사는" "실패한 사람"(「근무일지」)이라는 사회적 낙인을 떨쳐내기도 힘들다.

이용훈은 노동하는 '나'와 '너', '그'를 딱히 구별하지 않는다. 몸을 써서 일하는 사람들은 어딘가 닮아 있고, 그 '혈통'과 삶의 유사성은 개별성의 차이보다 앞서는 까닭이다. 노동자들의 몸은 비슷한 특징으로 서로 겹친 채 이어져 있다. 마치 은유와 환유의 두 축이 맞물린 듯한 모습이다. "전주 가옥 보수할 때 대목장이 그와 비슷한 목소리를 가졌다 했습니다 비슷한 자세로 대패질하는 사람을 광주에서 보았다 합니다 군산에서 망치질 잘하던 사람의 엄지손가락이 그와 비슷했다 합니다 서산에서 타일을 붙이던 노동자의 눈이 그처럼 탁했다 합니다"(「왕년의 톱스타」). 짐작건대, 특별히 의도하지 않았음에도 이용훈의 시에는 여러 인칭과 목소리가 뒤섞이고, 때로 누구의 것인지 특정할 수 없는 시점과 말들이 분출한다. 문법을 넘어서거나 문법이 개입할 수 없는 미묘한 비문들이 발견되는 것도 같은 맥락이다.

이용훈 시의 주인공들이 감당하는 노동 역시 비슷한 층위에서 다양하다. 아파트와 물류창고 등의 건설 공사, 터널 파기 공사, 재개발 현장의 철거, 수화물 터미널의 짐 나르기, 지하 하수구의 오물 청소, 모텔 청소, 자가격리자들의 생활쓰레기 수거, 식품 공장의 오이 세척, 가구 공장의 본드 접착, 천 재단, 조경 공사, 화장터의 유골함 작업 등. 이 목록의 다양성은 변두리 막일꾼의 불안정한 삶의 정도와 일치하며, 우리 사회가 기피하는 더럽고 위험하고 힘든 노동의 종류와도 거의 일치한다. 이용훈의 시에는 이 노동자들에게 우리 사회가 지정한 장소의 목록도 들어 있다. 구로동, 남구로역, 독산동, 신수동, 안산 원곡동 등은 끝없이 일자리를 구해야 하는 이들이 모이고 흩어지는 장소들이다. 장소의 온기가 터무니없이 부족한.

직업의 특성과 가치관, 소통 방식은 언어에 뚜렷이 새겨져 있다. 공사판에서 말귀를 알아듣고 일당을 받기 위해서는 현장 용어를 익혀야 한다. 이용훈은 첫 시집에서 첫 시의 첫 문장을 건설 현장에서 일해본 사람만이 알 수 있는 '외국어'(주로 일본어)로 시작한다. 이 말들은 이용훈이 살아온 세상과 그가 쓰는 시들에 대한 일종의 안내문(어쩌면 경고문) 역할을 한다. 이용훈의 시집 입구에서 독자들은 공사장의 특수어를 이해할 수 있는 사람과 없는 사람으로 즉각 나뉜다. 강한 된소리의 '노가다' 용어를 알아듣는 사람과 그렇지 못한 사람의 거리는, 다시 말해 각자의 노동 유형과 계층의 차이는 이용훈의 시 몇줄을 통해 단숨에 확인된다. 어떤 이에게는 이용훈의 시 세계 전체가 '외국어'로 다가올 수도 있다.

가다와꾸 가도(는) 가리고야, 가이당 가랑(은) 가라(고), 함마 (든) 함바(의) 한빠 (간다), 후앙(은) 후꾸레두, 데모도(의) 데마찡(은) 데마찌(야), 보루박스(에) 시로도, 쇼쿠닝 (중에) 쓰미, 오오가네(의) 쓰마(는)* 말귀만 알아먹어도 끼니 걱정 안 한다 해서 돌고 돌았더니, 공사장서 굴러다니는 돌멩이 됐습니다. (…) 천장에 얽히고설킨 말들. 벽에 흉터 난 말들. 수도관에서 떨어지는 말들. 전선 타고 오가는 말들. 그거 염불인가요? 한국말이지요? (…) 어디서 굴러먹던 돌멩이가 기웃거렸더니, 포클레인에 깔리고, 지게차에 뭉개지고, 마대자루에 담겨서 저는 이만 퇴장하겠습니다. (…) 까마귀를 구워삶으면서 물어봤더니, 뭐라고요? 쓰지 말라고요? 아아, 건설표준어 준수하라고요. 대체 언제부터랍니까? 지금부터 잡담 잡설 중지하

시고, 안전장구 착용하셨으면 꼭대기 올라가서 매달려보
랍니다. 여기는 좁고 일할 노인네는 많다고.

* 거푸집 모서리는 헛간, 계단 꽁지는 거짓이고, 망치 든 식당의 찌
꺼기 간다, 환풍기는 배가 불러, 보조원의 품삯은 기다림이야, 종
이 박스에 서툰 사람, 기능공 중에 벽돌공, 직각자의 가장자리는.

―「당신의 외국어」부분

이용훈도 이곳에 입장하기 전까지는 '한국말' 속에 지독
하게 살아 숨 쉬는 '끼니' 보장용(?) '외국어'를 알지 못했
다. 이 험난한 세계에서 퇴장하는 일상화된 방법이 "포클
레인에 깔리고, 지게차에 뭉개지고, 마대자루에 담겨서"인
것 또한 알지 못했다. 이용훈은 '당신의 외국어'(노동 현장),
'건설표준어'와 작업 지시(제도와 자본), '잡담 잡설'과 침묵
(사적 세계) 등 언어의 세 층위를 통해 현실의 구조를 드러
낸다. 구조는 견고하다. 이 시뿐만 아니라 이용훈의 시집 전
체에서 공사 현장과 폐쇄병동에 울려퍼지는 관리자의 지시
방송은 일방적이며 절대적이다. 공사판의 고질적인 은어 역
시 제도적 차원에서 건설표준어로 순화해도 위력이 여전하
다. "그거 염불인가요? 한국말이지요?" "어디서 굴러먹던"
'내'가 기세 좋게 언어유희와 쓰디쓴 유머로 비틀어도 끄떡
없다. 인용 부분에는 나와 있지 않지만, '나'는 현장 언어에
익숙지 못한 탓에 순식간에 "호로새끼"가 된다. '당신의 외

국어'를 배우지 못한 "호로새끼"인 '나'는 공사판 형님과 삼촌들의 동생, 조카로 거듭나기 위해 신속하게 '새 모국어'를 습득해야 한다. 그뿐만이 아니다. 관리자는 쉴 새 없이 '자본'의 명령을 하달한다. "잡담 잡설 중지하시고, 안전장구 착용하셨으면 꼭대기 올라가서 매달려보"라고, "여기는 좁고 일할 노인네는 많다"고. 이 지시와 위협의 말들은 '내'가 먹고살기 위해 감수해야 할 것이 무엇인지를 분명히 전달한다.

　이용훈은 '당신의 외국어'의 또다른 차원에 속하는 이방인들도 주목한다. 연길, 장춘, 베트남, 방글라데시, 몽골, 나이지리아 등지에서 온 외국 노동자들은 알아들을 수 없는 말에 포위되고 고립된다. "그거 가져오라면 이거 들이밀고 저거 가져오라면 구정물에 휩쓸려서 발만 구르고 있습니다 귓구멍 막혔냐 하셨지요 고놈의 귀를 자른다 하셨지요"(「다시 한번 말씀해주세요」). 베트남에서 온 쯔엉은 기본적인 단위도 몰라 과도한 할당량에 혹사당하고, 말〔馬〕의 나라 몽골에서 온 초원은 한국어 '칸'(분리된 공간)과 몽골어 '칸'(왕) 사이에서 말〔言〕의 칸막이에 갇힌 채 홀로 빌딩의 칸막이*와 가

---

* 한 '노가다' 유튜버는 칸막이를 '칸마귀'라고 부른다. 중노동의 수고로움과 분노가 담긴 말이다. 최근 유튜브는 그간 노동문학이 해왔거나 하지 못한 일을 하고 있는데, 노동자 자신이 노동 현장을 직접 알리고 증언, 평가하는 일이 그것이다. 여기에는 수익의 욕망과 자본의 논리도 개입되어 있지만, 노동 현장을 사회와 공유하는 새로운 매체와 발신자들이 앞으로 어떤 역할을 할지 주목된다.

베(벽)를 세운다. "쯔엉, 오늘 할 일이 뭐야? 엉로우— 오늘? 홈나이— 그래, 저기 모래 산 보이지 여기로 옮겨놔"(「콜레라 시대의 노동」). "말이 서툴러 말이 칸막이가 됐다고 한칸 두칸 세칸 칸만 나오면 시끄러워 좆도 싸움질이지 칸의 기질이라 말하고 사람들 등 돌리면 초원은 공사장의 가베를 세우지"(「초원의 벽」).

공사 현장의 제일 지침은 '안전'이다. 노동자의 안위보다는 비용과 작업공정, 중대재해처벌법에 중점을 둔 조치이다. 외국에서 온 노동자들이 현장에 투입되면서 처음 배우는 말도 '안전'이다. 중국인들은 '안취엔'이라고 발음하는데, 위험과 혹사는 노동자들의 국적을 따지지 않는다. '안전'이든 '안취엔'이든 "한번 소리 낼 뿐"(「신수동 수화물 터미널」), "말 잘 듣는 개 노릇 톡톡히 하"(「오산 스타렉스」)는 이들은 이름 대신 '개'(개)로 불린다. "장반장 밑에서 일 시작하는 개 홀연히 사라지는 개 그저 개 너를 개라 불렀다 (…) 꼬리를 흔들어도 돌을 던졌다 괴사한 가죽으로 파리가 날고 있다 매질을 했다 흐르는 침 좀 봐라"(「살갗 아래」). 쓰러지기 전까지 일해야 하고, 일하다가 오늘 당장 쓰러질 수도 있는 이들은 "땀으로 온몸을 간"(「건너 건너 아는 사람」)하면서 하루하루를 버틴다.

모든 색은 검은색이었어 아니, 우윳빛이야 기계를 돌리는 빛은 언제나 우윳빛인데 미끈거려 끈적거리면 기계는 잘도 돌아가 벨트에 얽매인 사슬선, 따끔거리다 차가워, 단호한 외침 나는 매일같이 컨베이어의 지시를 받는다 질질 끌려갈 수밖에 없어 벨소리가 울릴 때, 누군가 사라진다 마른침을 삼켰을지 몰라, 고꾸라지면서… 검은 즙을 짜내고 있잖아 피로 가득했는데 우윳빛이었어 홀 ─ 세일 홀 ─ 세일 저 소리가 들려? 컨베이어는 멈춘 적이 없어 순종과 침묵, 피고름보다 진득한 흑빛, 잔인한 눈빛 네 바퀴 밀차에 녹슨 부품들이 쌓여만 가는데 나는 묶여 있고 살아 있고 켜켜이 쌓이다 지친 먼지들이 떠돌다 사라지고 있어 시작을 알리는 방송도 중얼거렸고 끝을 알리는 방송도 중얼거렸어 날개 끝에 먼지 실밥 돌고 있는 환풍기 작업장의 선풍기 돌고, 빙빙 둘러대는 소리가 창고를 채우고 있어 주임은 빙빙 둘러대는 소리뿐이야

─「홀로 코스트코 홀세일」 전문

이용훈은 결코 멈춘 적 없는 "컨베이어의 지시"를 받으며 "질질 끌려갈 수밖에 없"는 노동자들의 삶의 행렬을 "피고름보다 진득한 흑빛"을 띤 대형 유통업체의 판매 시스템에 빗댄다. 누군가가 사라져도 '홀 ─ 세일'은 계속되고, 작업자의 "순종과 침묵" 속에 관리자의 알림 방송만이 지배하는 '홀로 코스트코'는 의심할 바 없이 대량학살의 '홀로코스트'를 연상시킨다. "묶여 있고 살아 있"으나 "사라지고 있"는 사람들. 이용훈은 노동 현장에서 홀로코스트, 대형 쇼

131

핑센터, 폐쇄병동의 모습을 발견한다. 노동 현장은 사람들
이 '홀――세일'을 당하며 사라지는 소비의 홀로코스트-쇼
핑센터이며, 이들 중 일부가 삶의 출구를 찾지 못한 까닭에
"파헤쳐진 봉분의 백골이, 헐어서 문드러진 살갗이, 썩은 뿌
리가 우울처럼 나뒹구는"(「옥상에서 우리들은 운동장 하늘」)
'폐쇄병동'이기도 하다. 다음의 시들은 이 공간들이 같은 구
조와 원리에 의해 운영됨을 보여준다.

　　가끔 운전이 미숙한 사람이 헤매기도 하는데, 어찌 되
　　었든 출구를 찾더란 말이지, 못 찾는 경우가 훨씬 많지만,
　　우리는 쓰레기통이나 비워주고 출구 앞에서 요금이나 잘
　　정산해주면 되는 걸세, (…) 서비스라 말하지 않았나, 주
　　차장을 다시 찾을 고객이라고 생각해보게, 사람들이 출구
　　를 찾기 전까지 병동 관리만 해주면 할 일을 다한 거나 다
　　름없네, 급여는 매달 5일, 재단이 단단해서 월급 떼일 걱
　　정은 하지 말게, 광명쇼핑센터만큼 언제나 만차니까,
　　　　　　　　　　　　　　　　　　　　―「장소 특정적」 부분

　　개방하겠습니다 계단 앞으로 집합, 2병동 비상구 개방
　　합니다 3병동 비상구 개방합니다 5병동 비상구 개방합니
　　다 6병동 비상구 개방합니다 7병동 비상구 개방합니다

　　(…)

파헤쳐진 봉분의 백골이, 헐어서 문드러진 살갗이, 썩은
뿌리가 우울처럼 나뒹구는 이곳을 안내 방송으로 전달하
겠습니다 사람들은 운동장이라 부르지만 치료소는 정원
이라 말합니다

나는 오직 감시하거나 통제하는 목소리로

귀퉁이 철기둥에 걸친 거대한 투망을 안전망이라 불렀습
니다 정원을 서성이던 사람들이 몸을 던지기도 한다 해서
살고 싶다면 안전망에서 떨어져라 했습니다

———「옥상에서 우리들은 운동장 하늘」부분

헤헤 미련이 남았었나봐요 가방 속 당신의 소지품

만화경은 뭐요? 물으면, 저는 실패한 사람이에요 중복
음 삐 ━ 소리 삐 ━ 삐 ━ 소리 중얼중얼 읊는 소리 하
루 벌어 하루 사는 흐트러지는 찌그러져 찢어져 그럭저럭
변두리 막일하는 십이각형이란다 십사각형이란다 아니
이십칠각이라고… 사십삼각 팔각 사각 각, 각, 각 덜컥 그
러다 미동조차 없어라 그 안에 머물고 싶었던

철문 사이 오도카니 서 있는 당신 앞에 쇠창살

———「근무일지」부분

'(알바)천국'이 소개해준 일터인 '주차장'은 '병동'과 동
일시되며('주차장'을 '병동'과 이 세계의 알레고리로 해석

할 수도 있다), 이용자들에게 요금이나 정산해주는 '서비스'
를 제공한다는 점에서 쇼핑센터와도 차이가 없다. 사람들
이 출구를 찾든 못 찾든 그것은 '서비스'의 범위를 넘어선다
(「장소 특정적」). "안전망에서 떨어"질 것을 명령하는 폐쇄병
동의 안내방송은 '안전'을 지시하는 공사장의 안내방송과
마찬가지로 "감시하거나 통제하는 목소리"를 본질로 한다
(「옥상에서 우리들은 운동장 하늘」). '당신'과 '나' 중 누가 폐쇄
병동에서 치료받는 사람이고 근무하는 사람인지 구별할 수
없으며, 동시에 구별하는 일이 무의미한 것은 이 때문이다.
혹독한 노동에 시달리다 정신병원 폐쇄병동에 갇힌 이들과
이곳에서 근무하는 이들은 같은 정체성을 갖고 있다. "하루
벌어 하루 사는 흐트러지는 찌그러져 찢어져 그럭저럭 변두
리 막일하는 십이각형이란다 십사각형이란다 아니 이십칠
각이라고… 사십삼각 팔각 사각 각, 각, 각". 이용훈은 구조
물을 만들고 건설하는 노동자를 무한다각형의 형태로 변주
하면서 이들의 끝없는 노동의 고통과 존재 깊숙이 각인된
절망을 드러낸다(「근무일지」).

이용훈이 간파한 대로 건설은 곧 해체이자 철거이며, 노
동자의 노동과 삶과 존재 또한 건설-해체와 이합집산의 연
속이다. "연장 챙겨 담고 다리 끝 각반 풀면 사람들은 해체
되겠지 흩어지겠지 철거되면 기억나는 사람들 어디서 무얼
하고 있으려나"(「잡역부」).

「해체되기 위한 쇼」에서 이용훈은 이 세계가 온갖 형태의

'다면체'를 만들기 위해 건설되는 동시에 해체되는 현장이자 무대임을 그린다. 이용훈이 자신을 비롯해 노동자를 무한다각형에 비유하는 것은 '다면체'를 만드는 건설 노동의 특성을 반영한 상상력이자, "아슬아슬" 서커스 수준의 노동을 강요하는 자본의 관객-주인들에 대한 비판의식의 표현이다.

우리는, 파이프를 세우고 파이프를 눕힌다 서로에게 기울지 않아도 될 만큼 다져진 바닥 끝을 끝에 조심히 내밀면 끝까지 끝을 내민다 체결하듯 서로를 놓아주지 않으려는 결속 둔중한 파이프, 그 파이프를 조이면 여전히 세워지고 여전히 일어서고 여전히 놓인다 우리는, 단면을 갖추자 단면을 갖추자 단면을, 단면을 외치자 다면체를 둘러쌓는 시간은 배경만큼 광활해진다 무대 안으로 집중되는 재료들이 있고 결합되기 위한 시간을 갖자 골격을 갖추려는 의지 외피를 누르려는 응집 내장재를 구겨 넣는 고집 행동지침을 따르는 배우들이 건설 현장 위에 존재한다 형태를 갖추면 해체되는 무대에서 외줄을 타자 쇠막대 하나를 쥐자 매달린, 붕붕 뜨는 몸짓들이 있다 아슬아슬 한발에 외줄타기 다음 한발을 내딛는 몸부림은 무대를 기웃거리는 단역배우의 리허설 아시바 쇠파이프는 건설되는 모든 형태보다 먼저 서야 하고 먼저 쓰러져야 하는 해체를 위한 약속, 존재하지 않았던 온전한 형태를 가져본

적 없는 우리는, 모든 다면체를 위한 우리는

　　　　　　　　　　　　　　　　　—「해체되기 위한 쇼」 전문

　노동자인 '우리'는 건물을 지을 때 먼저 쌓고 먼저 해체하는 철골인 '아시바 쇠파이프'이며, 세상의 "모든 다면체"를 만들기 위해 위험한 외줄타기의 "행동지침을 따르는", 그러나 자신은 정작 "온전한 형태를 가져본 적 없"으며 곧 무대에서 퇴장해야 할 단역배우들이다. "체결하듯 서로를 놓아주지 않으려는 결속 둔중한 파이프"를 조이고 세우면서 "서로에게 기울이지 않아도 될 만큼 다져진" 우리는 '연대'와 '단독'의 날카로운 경계에 서 있다. 이 균형감각 혹은 거리감은 우리가 "건설되는 모든 형태보다 먼저 서야 하고 먼저 쓰러져야 하는 해체를 위한 약속"에서 선택의 여지가 없는 존재들임을 보여준다. 우리는 '해체되기 위한 쇼'에 초대당한 자들로서 한시적인 임무를 이행하고 퇴장해야 한다. 그렇다면 "장난이 아니고 도박"이며 "모 아니면 도"이고 "못 먹어도 고"(「오무아무아」)인 시를 쓰는 일은 이 건설–해체의 수순에서 얼마나 멀리 있는 것일까. 이런 관점에서 「해체되기 위한 쇼」는 그 자체가 정교하게 만들어진–해체 중인 하나의 구조물처럼 보이기도 한다.

　이용훈의 시들은 산문이 시를 압도하고 시가 다시 산문을 포용하는 순환을 만들어낸다. 이용훈이 시에 자주 각주를 달아 '시 속의 시'를 빚어내는 것도 단면의 텍스트로는 충

족할 수 없는 다른-많은 말들 때문일 것이다. 특히 그는 '노동'에 관해 전 시대와는 다른 관점을 내놓는다. 「남구로역」의 긴 각주에서 건설직업학교 졸업 축사를 하는 칠순의 현역 선배는 노동의 성스러움과 "소름 돋는" 희열을 웅변한다. 전 시대의 투철한 노동관과 장인정신을 대변하는 노익장 일꾼은 "그냥 말고 좋나 하면 각이 나"오고 "형태가 잡힌"다고, "자세가 좋으면 다치지 않"고 "진동 롤러가 함께 움직이자 한다"고 열렬히 '간증'한다. 사람과 도구가 한 몸이 된 노동, 흡사 예술의 경지를 방불케 하는 노동은 현실의 어떤 시련도 이겨낼 수 있을 것만 같다. 그러나 젊은 후배 졸업생인 '나'는 선배의 가르침을 정면으로 반박한다. "좋나 해도 안 될 때가 있다는 것을 아무도 말해주지 않았다."

이용훈의 시편마다 빽빽하게 들어찬 "벽을 두드리"고 "때리"는 소음과 "울부짖"(「시체공시소」)는 말들은 결국 한줄의 문장을 가리킨다. 희망도 미래도 없는 노동을 계속하면서도 끝내 살아가겠다는 것. 이용훈은 전 시대의 노동시가 끌어안은 전망조차 희미해진 자리에서 시를 쓰기 시작하고, 다른 이들과 함께 꿈꾸기도 현실을 바꾸기도 어려운 시간을 감수하면서 홀로 나아간다. 고달픈 일과 삶의 서사들 속에서도 유머감각을 잃지 않는 그의 모습은 그래서 오히려 더 비극적으로 느껴지기도 한다.

사내의 배를 걷어차고 반쯤 남은 소주병을 던져버리면

입구가 열릴까? 당장이라도 떠나라고 수신호를 보내고 싶지만 그들의 언어가 엄연히 다르기에 곰은 방에 앉아 배낭에 옷가지를 넣는다 내일은 동물원에 등록하려고 일주일 단기과정, 영장류의 언어를 배울 수 있는 절호의 기회, 맴도는 언어를 익혀보세요, 여러분은 늦지 않았습니다, 실업자 우대, 배웁시다, 배워서 남 주나요, F-4비자 발급(절지동물 가능), 전화 상담 환영, 방문 전 전화는 필수 (…) 도면을 그려야지 망치를 던져버리고 연필과 지우개를 챙길 거야 줄자만 들고 다녀야지 곰도 구르는 재주가 있다고

—「곰이 물구나무서서」 부분

"일주일 단기과정, 영장류의 언어를 배울 수 있는 절호의 기회"가 인간이 되고자 하고 되어야 하는 '곰'에게 열려 있다고, 아직 "늦지 않았"다고 이용훈은 말한다. 인간 세상의 "입구가 열"리고 "동물원"의 출구가 나타날 신화적인 기적을 그는 냉소적인 농담처럼 말하고 있지만, 이 말은 그 일의 어려움을 뜻하는 것이지 불가능성을 뜻하는 것으로 이해되지는 않는다. 이용훈은 '잠물결'과 발음이 비슷한 '잔물결'이 수없이 계속되고 뒤섞이며 만들어내는 세계의 '진동'과 현실의 '요동'을 실체에 버금가는 언어의 형상으로 우리 눈앞에 펼쳐 보인다.

잠긴 듯 아닌 듯 흐르는 듯 강바람 쪼개진 틈새로 매섭
게 들이치더만 온몸 울리더니 진동하더라 요동치더니 거
세지더라 부르르 떨더라만 잔물결이 잔물결은 퍼지더
라 (…) 흐르는 전철 흐르는 밤섬에 잔물결이 잔물결이
잔물결이 잔물결은 잔물결은 잔물결은 잔물결은 잔물결에
잔물결에 잔물결에 잔물결에 잔물결이 잔물결이 잔물결이
잔물결이 잔물결이 잔물결이 잔물결이 잔물결이 잔물결은
잔물결은 잔물결은 잔물결은 잔물결은 잔물결은 잔물결은
잔물결은 잔물결은 잔물결이 잔물결을 잔물결에 잔물결이
물결이　물결이　물결이　　물결이　　물결이　　물 결이
물 결　　　이 물　　　결　　　　이　　　　　물결
—「밤섬」 부분

　　이용훈이 간절히 암시하듯이, 흔들리는 잔물결인 우리가
함께 출렁이며 모두가 살 만한 세상을 향해 나아가기를. 이
잔물결의 무한이 어떤 변화를 만들어낼지 벌써부터 이용훈
의 다음 시집이 기다려진다. 그때까지 우리 모두 안전하게
살아 있기를. 그가 첫 시집을 통째로 압축해 우리에게 건네
는 단 한마디의 말도 이것이다. "살아가십시오."

金壽伊 | 문학평론가

살아가십시오.

이용훈